LE MASQUE DU LÉOPARD

KAORU KURIMOTO

GUIN SAGA

Volume 1

LE MASQUE DU LÉOPARD

Fleuve Noir

Titre original :
Guin Saga – volume 1

Traduit du japonais
par Dominique Lavigne-Kurihara

Collection dirigée par Bénédicte Lombardo

Illustration pages 13, 73, 133 et 193 d'après une peinture de Carl W. Rohring (AKG Images)

ISBN : 2-265-08124-8

Le dieu Yarn déroulait le fil de leur destin. Mais eux ignoraient encore qu'ils marchaient en équilibre sur ce fil.

Livre d'Illon

Prologue

C'était… une forme étrange.

Fantastique, aurait-on pu dire, mais ce mot était bien loin de donner une idée de la singularité de la « chose ». Mystérieuse n'y suffisait pas non plus.

Etrange, c'était tout ce qu'on pouvait dire, car comment traduire en mots le choc et la terreur que provoquait la vue de cette « chose ».

Depuis un certain temps, près d'une demi-journée, la « chose » était là, étendue par terre, immobile. On aurait dit un cadavre abandonné.

Pourtant, c'était vivant.

Pour preuve, les quatre membres dépliés aux muscles extraordinairement développés, tressaillirent brusquement sous l'effet de spasmes.

Mais à part cela, aucun signe ne trahissait la vie.

Les alentours étaient enveloppés dans un silence comme éternel; un calme impressionnant régnait. Le soleil plongeait peu à peu vers la crête de la montagne, jusqu'à se transformer en un immense disque vibrant d'une lumière incandescente.

On était dans la région des Marches, aux environs du donjon de Stafolos, à la frontière entre le monde des hommes et celui des ténèbres dominé par les esprits. Et à supposer qu'à cette heure proche de la nuit, un homme se soit aventuré jusqu'à cet endroit – il fallait être téméraire, un esprit raisonnable s'en serait bien gardé – eh bien, même cet homme courageux, à la vue de la « chose » effondrée au bord de la source, aurait sans doute senti ses jambes ployer sous lui. En découvrant cette chose sans le vouloir, il se serait dit qu'il avait franchi la frontière du monde rationnel et rassurant des hommes.

Cette créature, en tout cas, avait l'apparence d'un homme. Mais personne sans doute n'aurait osé l'admettre.

A l'exception d'une ceinture grossière entourant les hanches, ce corps énergique, modelé par l'exercice et le combat, était nu. Et voilà qu'à nouveau, il tremblait violemment, comme animé par les soubresauts inconscients de la soif et de la douleur. La source devant laquelle il s'était effondré jaillissait à quelques centimètres, l'invitant à se désaltérer. Les mains se tendirent fébrilement vers la surface de l'eau, des mains énormes, d'une puissance qu'on sentait démesurée. Souillées de sang séché et boursouflées de cicatrices, elles révélaient de nombreuses batailles.

Elles atteignirent l'eau pure de la fontaine, y puisèrent en tremblant et remontèrent jusqu'à la bouche. La chose – ou cet homme – se mourait de soif.

Il ne parvint pas à faire couler l'eau dans sa gorge. Une

fois encore, il essaya, puis une troisième. En vain, le précieux liquide se perdait. De sa bouche s'échappa un hurlement de bête blessée sur le point de mourir. Ce cri déchirant, à vous glacer le sang, brisa le silence aux abords de la source. Effrayés, des petits animaux ailés – sans doute des taulos, nés de l'accouplement d'un oiseau et d'un mammifère – s'envolèrent des buissons.

Ses mains, une fois encore, essayèrent de puiser à la fontaine, mais il n'avait plus de forces. A nouveau, tout son corps fut soulevé de convulsions, avant de retomber complètement abattu, sans plus bouger.

Le vent se leva, faisant bruisser les herbes et courir de petites vagues à la surface de la fontaine. Entre les buissons, l'œil inquisiteur d'une vipère ou autre créature, brilla d'un éclat vermillon. Du haut des arbres, aux formes et aux couleurs inquiétantes, des lianes suceuses de sang se laissèrent tomber à terre.

Mais lui – ou n'était-ce pas plutôt une « chose » –, inconscient de tout cela, gisait sans défense, révélant sa forme grotesque. La gorge desséchée, le corps vidé de ses forces, couvert d'une croûte de sang et de boue, il était là dans la vaste forêt de Rood, non loin du donjon de Stafolos, s'approchant inexorablement de la mort.

Première partie

LA FORÊT DES ESPRITS

1

— Linda ? (Une voix aiguë retentit.) Lindaaaa !

Rémus avait voulu baisser la voix, n'en faire qu'un murmure. Mais voilà qu'il entendait celle-ci claironner d'arbre en arbre, dans la forêt frappée de silence.

— Chuuuut ! Tais-toi, idiot !

Une voix de fille le réprimanda sans ménagement. Rémus se tut, faisant la moue. Cependant, Linda n'en avait pas encore fini avec lui.

— Vraiment, tu n'as rien dans la tête. Où crois-tu que nous sommes maintenant ? Dans la forêt de Rood, si tu ne t'en souviens plus, sur les terres du tyran de Gohra !

— Mais Linda, j'ai cru que je t'avais perdue ! répondit d'un air penaud le garçon, étirant le cou hors des buissons pour regarder d'un côté et de l'autre.

— Tout va bien. Je crois que les cavaliers sont partis.

Linda, elle aussi, sortait la tête du buisson voisin, scrutant les environs pour s'assurer que la voix imprudente de son frère n'avait pas retenu l'attention de la troupe de cavaliers qui venait de passer. Satisfaite du silence alentour, elle entreprit la difficile et pénible tâche de s'extirper du fourré.

Ces buissons étaient des vanja, réputés pour leurs fruits, très savoureux. Cependant, ses feuilles et jusqu'à ses fruits délicieux étaient hérissés de redoutables épines. Linda écarta d'abord avec précaution le feuillage, puis tendant ses bras déliés et blancs, elle repoussa les branches griffues, progressant peu à peu hors de sa cachette. De cet enchevêtrement d'épines, où elle avait passé toute une nuit et une journée, émergea le reflet brillant de ses cheveux blond platine, puis des épaules graciles et nues suivies d'un torse délicat encore inachevé et, finalement, de longues jambes sveltes comme celles d'un garçon dans de hautes bottes de cuir.

— Ah ! Que ça fait mal ! J'ai le corps égratigné de partout !

Elle gémit, étirant ses bras vers le ciel. Mais un petit cri perçant de son frère l'arrêta net, elle courut vers lui.

Rémus, contrairement à Linda, éprouvait beaucoup de difficultés à se sortir de ce nid inconfortable. Il se battait désespérément contre les feuilles et les tiges crochues qui lacéraient la peau tendre de ses bras et jambes.

— Franchement, tu es vraiment idiot ! Tu ne peux rien faire de bien ! ne put s'empêcher de commenter Linda.

Du bout de ses doigts fins et habiles, elle retira les rameaux de vanja accrochés dans les cheveux blond platine du garçon et lui tendit la main pour l'aider à se relever.

Là, debout tous les deux, se tenant par la main, ils se ressemblaient étrangement, ce qui n'avait rien d'étonnant puisqu'ils étaient jumeaux. Telles deux perles parfaites qui scintillaient dans les fourrés obscurs de la forêt de Rood, ils portaient tous les deux le même pourpoint de cuir, les mêmes bottes, la même dague d'argent à la ceinture. Ils avaient les mêmes tresses blondes, de la couleur du platine, la même beauté de traits, sauf que Linda avait un visage où se lisait la résolution et le courage, alors que celui toujours rêveur de son frère Rémus exprimait plus d'innocence. C'était là la seule différence car leurs regards étaient semblables : un violet insolite brillait dans la pupille de leurs grands yeux. Ils étaient si beaux qu'on aurait dit des esprits sylvestres ; on regrettait presque que personne ne soit là pour les voir. Cependant les jumeaux, eux, se souciaient peu en ce moment de leur apparence.

Rémus se frotta pitoyablement les mains et les jambes que les épines avaient cruellement égratignées. Puis, s'étant relevé, il demanda à sa sœur d'une voix geignarde :

— Dis, Linda, qu'est-ce qu'on va faire maintenant ? J'ai faim !

Linda tâta ses hanches. Elle portait une épaisse ceinture de cuir d'où pendait une dague dans son fourreau ainsi qu'un sac de peau souple. Mais dans celui-ci, elle ne trouva rien qui puisse leur être utile en cet instant.

— Avec tout ce qui s'est passé, je n'ai pas pensé à emporter des provisions de voyage. Il faudra s'en passer. Quel départ !

— On n'a qu'à chasser pour se trouver quelque chose à manger.

— Certainement pas, répondit Linda d'un ton qui n'admettait aucune réplique, avant de continuer : Nous ne sommes pas venus dans la forêt de Rood pour pique-niquer. Rémus, combien de fois vais-je devoir te le répéter ? Tu ne sais donc pas ce qui nous attend si l'on traque du gibier ici et que ceux du donjon de Stafolos nous aperçoivent ? Et puis, à supposer qu'on soit chanceux, il n'est pas question de faire du feu. Libre à toi de dévorer de la viande crue, mais pour moi, non, merci !

— Mais j'ai faim. Je vais m'évanouir.

— Et moi alors ?

Linda laissa fuser sa colère, mais tout à coup, elle s'arrêta net, aux aguets.

— Tu n'as rien entendu ?

— Non, rien.

— Un bruit de sabots. Les cavaliers sont de retour !

Linda empêcha son frère d'ouvrir la bouche et replongea dans le buisson de vanja, sans plus se soucier maintenant des épines qui la déchiraient. Si quelqu'un l'avait observée, il n'aurait pas manqué de voir en elle la promesse de la femme éblouissante qu'elle deviendrait dans quelques années. Elle, cependant, n'était pas encore à l'âge où l'on prend conscience de sa beauté et de la douceur satinée de sa peau.

— Rémus ! Vite ! cria-t-elle en direction de son frère, qui restait debout, incrédule.

Enfin, il se précipita lui aussi derrière sa sœur en direction du buisson de vanja.

Mais il était trop tard. Une troupe de cavaliers tout habillés de noir surgit au grand galop sur la route de la forêt de Rood, guère plus qu'une mauvaise piste envahie d'herbes. Le cavalier de tête, qui portait une plume noire flottant au sommet de son casque, émit un ordre péremptoire à travers sa visière. Les autres cavaliers arrêtèrent net leurs chevaux et, comme un seul homme, sautèrent à terre. Tous portaient une cape et un casque noirs ; leurs visières étaient baissées et de larges épées battaient leurs flancs.

— Fuis, Rémus, fuis ! lança Linda.

Rémus, ayant renoncé à plonger dans le buisson, s'enfuyait à toutes jambes vers le cœur de la forêt, mais un des cavaliers le retint net dans sa course, l'agrippant par son bras délicat.

— Lâchez-moi ! hurlait Rémus, se débattant.

Son beau visage s'enflamma d'une colère fière, indignée, qui ne peut émaner que d'un sang et d'un cœur nobles.

Le capitaine à la plume ondoyante hurla des ordres. La langue qu'il parlait n'était pas étrangère aux jumeaux, mais l'accent provincial était si fort qu'on ne pouvait reconnaître les mots qu'en y prêtant une oreille attentive. Rémus redoubla de cris lorsque les hommes approchèrent du buisson de vanja. Linda eut beau se pelotonner au plus profond du nid d'épines, une main gantée de fer plongea dans les branches et l'empoigna comme on se saisit d'un chaton.

L'homme se moquait bien des cris que poussait Linda quand les épines lui arrachaient la peau ou se fichaient dans sa chevelure ; il la tirait par ses tresses vers l'herbe où il la laissa tomber. La jeune fille, le corps et le visage lacérés, hoquetait de douleur et ses yeux s'emplissaient de larmes.

— Barbares ! Sauvages ! Sales porcs de Gohra !

Les yeux violets de Linda flambaient de haine.

— Pourquoi nous traiter ainsi ? Ne nous avez-vous pas déjà tout pris, chiens de Gohra ? Que les foudres de Janos s'abattent sur vous et qu'elles vous réduisent en cendres jusqu'au dernier !

Aux larmes de rage se mêlaient maintenant des larmes

de douleur; le corps mince et gracile de la jeune fille était secoué de frissons, mais les cavaliers noirs, insensibles, la regardaient avec mépris. Le capitaine ricana grossièrement, puis s'avança brusquement d'un pas. De sa main gantée de fer, il lui souleva le menton, la regardant droit dans les yeux. Son dessein était on ne peut plus clair.

— Lâche-la ! hurla Rémus, jouant des pieds et des mains au milieu de ses gardiens.

Mais le garçon était sous contrôle. Linda, tout à coup, cracha au visage du capitaine recouvert de sa visière, et d'un bond se dégagea, tirant sa dague du fourreau. Elle grondait sa colère comme un chat sauvage, mais cette courte épée dans sa main, délicatement ornée d'argent, était de facture bien trop légère pour présenter une menace. Les hommes s'excitaient, leurs moqueries fusant de bouche en bouche; le capitaine, lui, se figea devant elle et éclata d'un gros rire guttural. Linda pointa sa dague, reculant d'un pas. L'homme marcha sur elle. Elle recula encore d'un pas, butant dans une racine du chemin herbeux. Elle s'effondra en gémissant; son adversaire était au-dessus d'elle.

— Linda !

La jeune fille maintenue à terre par de fermes bras entendit son frère crier. Elle n'avait pas dit son dernier mot, elle résistait encore fièrement, cependant, ses forces et sa volonté l'abandonnaient.

— Linda ! cria à nouveau Rémus, se contorsionnant au milieu des cavaliers pour essayer de se dégager de leurs mains de fer.

Mais soudain, tous les yeux s'agrandirent d'horreur.

Le capitaine perdit l'équilibre et s'affaissa sur Linda, puis resta figé. Ses yeux à travers le masque n'étaient plus que deux cercles fixes, agrandis par l'horreur et l'incrédulité. Le cri de stupeur affaibli de Linda déchira le silence avant de retomber.

Quelque « chose », lentement, lentement, sortait de l'ombre du côté des arbres et se dirigeait vers eux.

Les deux bras tendus en avant, fouillant devant soi, on aurait dit un zombie qui marchait à l'aveuglette. Les jambes aussi flageolaient, mais, ce qui était sûr, c'est que cela le menait droit sur eux, et peu à peu les pas se firent plus fermes.

— Hein... ? Mais... qu'est-ce que c'est que ça ?!

Le cavalier qui venait de balbutier ces mots s'était-il seulement aperçu qu'il avait ouvert la bouche ?

— Le démon de Rood !

— Un zombie...

— Un monstre !

En une seconde, les hommes avaient perdu leur sang-froid et l'agitation était à son comble. La « chose », elle, paisiblement, s'écartait des arbres, se rapprochant peu à peu. Elle ébranlait l'esprit de ces hommes profondément superstitieux, forçant tout à coup dans leur réalité l'image d'un cauchemar.

— O dieu Janos ! Viens-nous en aide, implora ou plutôt hurla un des hommes parmi les moins braves, avant de détaler vers son cheval.

Ce mouvement brisa le sortilège qui avait cloué la troupe sur place. Les cavaliers lâchèrent Rémus, et sans plus réfléchir, volèrent comme l'éclair vers leurs chevaux.

— Holà! Arrêtez! Qui vous a donné l'ordre de partir? clama le capitaine.

Son courage le quittait, faisant place à la terreur, mais il n'en oubliait pas pour autant son rôle de meneur d'hommes.

Linda agit très vite. A la seconde où la main du capitaine se relâcha, d'un bond elle s'échappa, rejoignant son frère.

— Attendez, tonna le capitaine.

Il avança, voulant la rattraper, oubliant une fraction de seconde l'horrible apparition.

— Vous allez me capturer les jumeaux de Paroh. Ils ne doivent pas...

Il n'eut pas le temps d'aller jusqu'au bout de son ordre, sa voix se brisa. Une des mains du monstre s'était saisie par-derrière de la plume décorant son casque. Puis les deux gigantesques mains se rejoignirent autour de la gorge. Le capitaine étouffa un cri et se débattit, essayant de dégainer l'épée qui pendait à sa ceinture. Mais celle-ci n'était encore qu'à demi sortie de son fourreau lorsqu'on entendit un bruit sec. Son cou venait de se briser net à la base et pendait par-derrière, encore enserré entre les puissants bras.

— Capitaine!

Les hommes s'étaient arrêtés dans leur fuite. La terreur leur avait presque fait perdre la raison, cependant ils étaient avant tout des soldats bien entraînés. L'horrible scène dont ils venaient d'être témoins leur fouetta le sang. Ne pensant plus à s'enfuir, ils dégainèrent leurs épées et, hurlants, encerclèrent le monstre.

De sa gueule s'échappait un feulement étrange et menaçant. Un cavalier, l'épée brandie, se jeta sur lui. La créature souleva le cadavre du capitaine qui vint bloquer la lame.

Soudain, le cœur de la forêt de Rood résonnait des cris du combat, du choc des épées et des armures, et de gémissements de douleur.

Les hommes avaient complètement oublié les jumeaux de Paroh. Les deux adolescents eux-mêmes ne pensaient pas à s'enfuir ; pétrifiés par la peur, ils observaient l'étrange combat. Serrés l'un contre l'autre, tremblants de tous leurs membres, ils se tenaient très fort par la main. Quelques jours auparavant, main dans la main comme aujourd'hui, ils avaient été témoins d'une bataille à bien plus grande échelle, dont l'horreur égalait celle des Enfers, et c'était à cause de celle-ci qu'ils erraient maintenant dans cette lointaine province. Cependant, le combat acharné pour défendre Paroh contre les envahisseurs de Gohra n'avait rien de comparable avec le singulier combat qui se déroulait maintenant au plus profond de la forêt de Rood.

— Lin… Linda… murmura Rémus, tellement secoué par la scène que le tremblement de son corps hachait ses mots.

— Qu'est-ce que… Qu'est-ce que ça peut être, cette chose ?

— Comment veux-tu que je le sache ?!

Linda claquait des dents, et, de sa gorge sèche, une réponse sortit à grand-peine :

— Peut-être… peut-être est-ce le dieu du Mal, Doal !

— O ciel !

Cette plainte s'était échappée de la bouche du jeune garçon sans même qu'il s'en rende compte. Devant ses yeux, « la chose » virevoltait au milieu de dix combattants bien aguerris. Pour un corps si massif, son jeu de jambes était étonnamment rapide. Lentement, mais sûrement, elle répandait la mort autour d'elle, avec pour seules armes sa force surnaturelle et le cadavre du capitaine. Telle une massue, elle faisait tourbillonner celui-ci autour d'elle et avait ainsi déjà abattu trois cavaliers, leur faisant exploser la tête ; et de deux autres, elle avait brisé les bras.

— C'est Doal ! Ça ne peut être que lui. Seul Doal possède une force pareille, prononça Linda.

Rémus regarda sa sœur avec surprise ; de plus en plus fascinée, presque en transe, elle suivait ce spectacle incroyable.

— Pourquoi ne ramasse-t-il pas une de leurs épées au lieu de se battre avec le cadavre du capitaine ? Pourquoi ! s'exclama-t-elle au comble de l'énervement.

Or il continuait de faire tournoyer ce corps et voilà qu'il le lança de toutes ses forces : deux soldats s'écrasèrent au sol. Les trois autres encore vivants regardaient autour d'eux, désespérés. L'un, excité par les cris et le sang qui jaillissait, se jeta sur le monstre l'épée pointée droit devant lui. Ce dernier évita la lame, empoigna l'homme, lui enserrant le torse de ses deux bras, qu'il avait aussi gros que les cuisses d'un homme normal. Comme broyé par les anneaux d'un énorme serpent, le soldat hoqueta un hurlement de douleur qui ne prit fin qu'à la rupture de la colonne vertébrale, malgré son armure. Alors seulement, les bras de la créature relâchèrent leur étreinte.

— Il en reste encore deux ! murmura Linda, le souffle court.

— Passe par-derrière lui ! lança l'un des deux derniers, faisant signe à l'autre de se faufiler derrière les arbres pour le surprendre.

Mais la créature, d'un mouvement sûr et réfléchi, se

retourna pour forcer son adversaire à faire face, puis rapidement se posta devant un arbre, protégeant ainsi son dos et déjouant la ruse. Jurant, le soldat assura son épée dans sa main, et s'en servant comme d'une lance, une tactique bien connue chez les guerriers de Gohra, la lança de toutes ses forces. Juste au moment où il semblait que l'épée à large lame allait pénétrer dans le bras nu du monstre, en un clin d'œil, celui-ci changea de position et, du plat de la main, repoussa la lance qui se ficha en terre. Il s'en saisit et fonça sur l'homme, avec la rapidité fulgurante de l'éclair.

Cela prouvait clairement que, s'il n'avait pas ramassé plus tôt une des épées tombées, ce n'était pas parce qu'il n'excellait pas dans le maniement de cette arme. La lame, malgré son poids, dansait légère, comme s'il l'avait trouvée le jour de sa naissance au fond de son berceau. Le guerrier de Gohra avait voulu fuir, mais aussitôt sa tête s'était envolée dans un jaillissement de sang. Se retournant, la créature rattrapa le dernier guerrier qui courait vers le couvert de la forêt et, d'un coup, par-derrière, lui fendit le crâne jusqu'au bas de la colonne vertébrale.

— Il a réussi ! s'exclama Linda.

Mais Rémus tirait sa sœur par la main.

— Il vient sur nous !

Et en effet, dans la forêt, le monstre, sa large épée ensanglantée toujours à la main, s'était retourné et regardait maintenant les jumeaux de Paroh d'un œil étrange. Ils étaient les deux êtres encore vivants. Linda l'observait, comme ensorcelée, oubliant la terreur. Rémus essaya encore une fois de la tirer par la main, mais quand il vit que le monstre se dirigeait vers eux, avec bravoure, il ramassa une épée et se mit en position de défense.

— Linda, sauve-toi !

Mais Linda n'entendait pas même sa voix. Comme hypnotisée, elle ne pouvait plus détacher son regard de cette monstrueuse apparition. L'étonnement et l'incrédulité envahirent son esprit : en un clin d'œil, et à mains nues, la « chose » avait eu raison de onze robustes guerriers. Etait-ce un homme ? Et s'il n'était pas du monde des hommes, qu'était-il donc alors ?

Pouvait-on vraiment donner le nom d'humain à cette chose ? La jeune fille en doutait. Du cou jusqu'aux pieds, certes, il avait tout d'un homme – quoique en des proportions extraordinaires. Son superbe physique aurait fait pâlir un champion de lutte. Il était non seulement d'une taille démesurée par rapport au commun des mortels, mais également superbement sculpté par l'exercice. Ses muscles magnifiques gonflaient son torse, ses épaules, ses bras : ils étaient sa seule armure, à la fois durs et souples, animés en secret d'une extraordinaire agilité. Les puissantes épaules se dégageant d'un torse ferme et fuselé créaient un contraste étonnant. Cependant, le regard de Linda s'arrêta sur les marques profondes d'anciennes blessures non soignées – il avait dû livrer force batailles – qui apparaissaient sous les éclaboussures de sang et les légères éraflures qu'avait laissées le précédent combat. Toutefois, à part ces marques disgracieuses, son corps était d'une admirable perfection.

Linda remarquait tout cela car, excepté une peau de bête qui lui couvrait à peine les reins, il était entièrement nu. Pas de chaussures à ses pieds non plus. Et si elle n'avait rien vu d'autre que cela, elle n'aurait plus douté une seconde que c'était un homme.

Mais sa tête...

Le regard de Linda ne pouvait plus s'en détacher, elle mordait nerveusement les phalanges de ses jolies mains, figée devant cette apparition qui, là, à quelques pas devant elle, semblait s'être échappée d'un cauchemar.

Au-dessus du cou, la tête était celle d'un énorme léopard. Sa gueule bestiale se retroussait sur des crocs féroces et deux yeux brillaient d'une flamme jaune. Le monstre, mi-homme, mi-léopard, l'épée toujours à la main, pas à pas, s'approchait de l'endroit où Rémus et Linda, paralysés par la peur, se faisaient tout petits.

A cet instant, un bruit dans le buisson attira l'attention de Linda. Derrière le monstre à la tête de léopard, un des hommes qui avaient été écrasés au sol par le cadavre du capitaine reprenait conscience et, retenant son souffle, tranquillement, s'apprêtait à lancer son épée dans le dos du monstre.

— Derrière ! Il y a quelqu'un ! Attention ! avertit Linda.

Pourquoi aider cette créature qui, le doute n'était pas permis, se dirigeait inexorablement vers eux avec le noir dessein de leur faire subir le même sort que les cavaliers éparpillés autour d'eux ? Pourquoi le traiter en allié ? Linda ne comprenait pas son geste et aurait été bien en peine de l'expliquer.

De ses lèvres, le cri d'alarme s'était échappé, voilà tout... suivi de la réaction fulgurante de l'homme-léopard.

Il fit volte-face et balaya du tranchant de la main l'épée qui allait l'atteindre dans la large masse de son dos, puis, en quelques enjambées, fut sur son adversaire, lui transperçant le cou de part en part. Il devait être habitué de longue date à voir couler le sang, car ses gestes étaient précis, dépourvus de pitié.

— Aaah ! Maintenant c'est à notre tour. O Janos, protège-nous !

Linda s'était couvert la bouche de ses mains.

Rémus, secoué de tremblements, avait toujours son épée à la main, toutefois, rien que de tenir cette arme pesante semblait épuiser son faible bras.

La créature reprit sa marche vers eux sans y prêter attention. Ses deux yeux jetaient une lumière ensorcelante dont le faisceau éclaira la silhouette des deux enfants. Tout à coup, à la grande surprise de Rémus et Linda, voilà que sa main, comme sans force, laissa tomber l'épée. Soudain, on aurait dit que toute son énergie l'avait quitté. Ce corps, qui avait paru si débordant de vitalité et de puissance, commença à osciller doucement de droite et de gauche, avant de finalement s'effondrer sur les genoux.

— Qu'est-ce... Qu'est-ce qu'il a ? interrogea Rémus d'une voix chevrotante.

Linda remarqua la face bestiale et la main tendue vers eux comme demandant quelque chose. La bouche remua, il allait parler, mais non... il n'en sortit qu'un feulement étrange, une sorte de plainte étouffée.

— Il... Il réclame quelque chose ! Oui, c'est cela, il veut quelque chose !

— Linda, on s'en va ! Les chevaux des cavaliers sont toujours là.

— Rémus !

La voix de Linda marquait la surprise, mais aussi le reproche à l'égard de son frère.

— Il nous a sauvé la vie !

— Lui ? Tu veux dire que c'est un homme. Dis, Linda ?

— Regarde ! l'interrompit Linda.

L'homme-léopard portait ses deux mains robustes à sa gorge. D'une main, il se tenait la gorge comme s'il avait mal et de l'autre il se grattait très fort la tête, encore et encore.

— J'ai compris ! s'écria Linda, frappant des mains.

Elle courut vers la créature. Rémus lâcha son épée, essayant de retenir sa sœur qui décidément n'avait pas toute sa raison, mais elle ne se retourna même pas.

— C'est un humain. On lui a mis un masque de léopard, c'est tout. Regarde, il veut qu'on le lui enlève !

— Linda ! Qu'est-ce que ça peut faire...

— Ah, je vois ! En plus de ne pas être reconnaissant, tu es lâche !

Déterminée, Linda s'avança sans crainte vers la créature.

— Puis-je vous aider ? Qu'est-ce que vous voulez que je fasse ?

Elle tendit sa fine main vers le masque de léopard couvert de sang, essayant de regarder par en dessous. La jeune fille au corps gracile, svelte comme un garçon, qui se penchait avec sollicitude sur l'énorme masse de ce corps, faisait penser à un lapin, ou à un petit oiseau, sautillant autour d'un lion. L'image était des plus touchantes.

La bête parla, ou plutôt, dans le gémissement que Linda avait déjà entendu, un mot prenait forme :

— Guin... Guin... répéta-t-il plusieurs fois.

— Quoi ? Je ne comprends pas. Puis-je faire quelque chose ? demanda Linda lentement, détachant ses mots.

Mais à cet instant, le corps massif de l'homme-léopard

s'affaissa, Linda sauta sur le côté, avant qu'il ne s'effondre avec un bruit sourd sur l'épaisse végétation de la forêt de Rood. Dès lors, rassurée, elle passa sa main sur la vigoureuse épaule gluante de sang.

Puis, elle poussa un petit cri de surprise :

— Eh... Rémus ! Cet homme est malade. Il est très faible. Il n'en avait pas l'air tout à l'heure, mais... Rémus ? Rémus ! Vite, va à la source et ramène-moi de l'eau dans quelque chose ! Si nous ne le soignons pas, cet homme va mourir !

— Linda... Linda, tu es...

— Fais ce que je te dis, ne perds pas de temps. La nuit va bientôt tomber ! répliqua Linda d'un ton qui n'admettait pas la réplique.

Elle montrait à ce frère réticent la direction de la fontaine dans la forêt. Le garçon se leva, de mauvaise grâce, pensant que sa sœur était complètement possédée par cette apparition au masque de léopard. Linda secoua brusquement sa chevelure blond platine et, une expression déterminée se peignant sur son beau visage, elle s'agenouilla à nouveau au chevet de l'homme à la tête de léopard.

2

Il faut du courage pour passer la nuit dans les Marches.

Et cela est vrai, même si vous avez un toit sur la tête et de solides murs autour de vous. Un homme tant soit peu sensé n'envisagerait jamais de s'arrêter en ces lieux désolés pour la nuit, même dans la pire des situations.

Bien que les jumeaux de Paroh aient grandi dans la région des riches plaines du centre, ils n'étaient pas sans connaître les conditions de vie extrêmes dans les Marches. Et naturellement, ils avaient aussi entendu parler des esprits, des bêtes féroces et des barbares qui y erraient ; toutefois, cette réalité leur était lointaine et étrangère. Sinon, ils n'auraient pas eu cette idée folle de passer la nuit dans la forêt de Rood, avec pour seul abri un buisson de vanja.

Rémus et Linda l'ignoraient, mais la Fortune, qu'aucun œil ne voit jamais, les protégeaient. Ils s'apprêtaient donc à passer leur seconde nuit dans la forêt de Rood, en cette lointaine région sauvage, avec plus de prudence. Autour d'eux, les cadavres des cavaliers du fort de Stafolos gisaient çà et là où ils étaient tombés et il ne faisait aucun doute que d'autres viendraient à leur recherche.

— Hé, Linda ?

La voix de Rémus était étouffée par la tristesse car la tournure lugubre que prenaient les choses n'était pas sans l'affecter.

— Qu'est-ce qu'il y a ? Allez, va me chercher encore plus de cette herbe !

Sa sœur, qui prenait toujours le rôle du chef en toutes occasions, ne se détournait même pas de sa tâche pour lui parler. Avec ardeur, elle lavait les jambes et les bras puissants du blessé à l'aide d'un tissu humide, puis lui appliquait des herbes.

— Non, je n'irai pas. Le soleil se couche !

— Oui, je sais.

— La nuit va tomber !

— Je sais. Alors justement, dépêche-toi ! Quel idiot tu fais !

— Dis, quand j'aurai été chercher tes herbes, on fera du feu.

— Pas question ! (La voix de Linda était tombée comme un couperet.) Si on voit la fumée du fort, c'en est fait de nous !

— Mais, quand la nuit sera complètement tombée...

— Rémus, je sais ce que tu veux dire... que ce sont les Marches et que...

Tout en parlant, Linda avait soulevé la tête de l'homme-léopard et essayait de lui verser de l'eau entre les lèvres. Elle continua :

— Je connais les dangers de ces lieux sauvages. Mais que veux-tu qu'on fasse ? Qu'on aille jusqu'au fort de Stafolos, qu'on les supplie de nous offrir l'hospitalité pour une nuit parce qu'on a peur des esprits et des fantômes ?

— Mais, Linda... Linda!

— Ne pleurniche pas comme ça « Linda, Linda! », c'est pitoyable! le réprimanda sa sœur. Est-ce là une conduite digne de l'héritier légitime du trône de Paroh?

— Mais...

— Il n'y a pas de mais. Sois courageux, Rémus. On va s'en sortir, d'une manière ou d'une autre. Nous avons les chevaux, les épées, les sacs de provisions des cavaliers, quelle chance! Si l'on passe la nuit, demain matin, on sortira de la forêt, on prendra la route pour trouver une ville. Mais pour l'instant, on n'a pas le choix, on reste ici.

— Au lieu de t'occuper de ce monstre, on aurait mieux fait de partir tout de suite, on serait déjà loin!

— Ah oui! Et on aurait perdu notre chemin dans la forêt de Rood et on serait en train de tourner en rond à l'infini! Ne dis pas de bêtises! De plus, je peux voir le bon chemin, tu le sais bien.

Linda avait froncé les sourcils, ajoutant comme au plus profond d'une réflexion : « Je suis Linda, Linda la Prophétesse. »

Son frère garda le silence. Même si les deux jumeaux de Paroh se ressemblaient comme deux perles, Rémus savait qu'il était différent, qu'il ne possédait pas les pouvoirs surnaturels de sa sœur. Cette intuition, ce don de voir dans l'avenir et d'en tirer des prophéties auraient dû être les siens puisqu'il était de sang royal, pourtant il n'en avait pas été doté et chaque jour de sa vie, depuis ces quatorze années, le lui rappelait amèrement.

Linda, de son côté, ne se rendait pas compte de la blessure qu'elle infligeait à son frère. Elle ne réalisait même pas qu'il pût être blessé et que ce fût maintenant la raison de son silence. Elle songeait à tout autre chose et, soudain, son visage s'anima. Elle se pencha sur le malade.

— Regarde, Rémus ! Il se réveille !

La tête de léopard oscilla de droite et de gauche, d'abord faiblement, puis plus fort. Dans la lumière violette du crépuscule, à cette heure lugubre où apparaissent les démons, ses yeux s'ouvrirent, lançant un reflet jaunâtre terrifiant, qui se posa sur le visage des enfants penchés sur lui.

L'immense gueule remua légèrement, laissant échapper un grondement. Rémus, apeuré, se recula aussitôt. Linda, elle, se pencha un peu plus en avant pour soutenir cette tête de ses mains délicates, lui faire comprendre qu'ils étaient amis.

— Quoi ? De l'eau ?

Quand elle lui tendit le casque d'un cavalier de Gohra, dont son frère avait fait un bol pour aller puiser de l'eau, l'homme-léopard se redressa brusquement et, le regard brillant, avança la main.

Mais lorsqu'il porta le bol improvisé à ses lèvres, il poussa un long rugissement, comme fou d'impatience et de désespoir. Le masque, qu'on lui avait forcé sur le visage, constituait un formidable obstacle entre sa bouche et l'eau, l'empêchant de se désaltérer.

Linda observait cette détresse, en secouant sa charmante tête. Mais soudain elle frappa dans ses mains : une idée lui était venue. Elle se leva et s'éloigna, regardant autour d'elle. Enfin, elle trouva ce qu'elle cherchait et revint avec la chose d'un air réjoui. C'était une tige creuse : une paille. Par des mimiques, elle lui montra d'abord comment s'en servir, avant de la lui tendre. Alors, il but à grands traits, étanchant sa soif.

La cause de son épuisement, à n'en pas douter, était en grande partie due à un terrible besoin de se désaltérer et de se nourrir. Dès qu'il eut vidé, en un clin d'œil, le contenu du casque volumineux, il parut beaucoup mieux.

— Comment peut-on faire des choses pareilles ! déclara Linda, observant gravement la tête de l'homme-léopard. Si on applique un tel masque sur quelqu'un, c'est le condamner à la mort, car il ne peut ni boire ni manger. Pendant que vous étiez évanoui, j'ai essayé de vous l'enlever, mais c'est comme s'il avait été fixé par quelque sortilège ! Il n'y a rien à faire, on ne peut pas le retirer. Qui a bien pu vous imposer cette chose, à vous, un guerrier d'apparence redoutable ! Et pour quelle raison ?

Les oreilles de la tête de léopard étaient dressées, en signe d'attention. Une lumière intense qui luisait, à travers le masque, au fond de ses yeux, était la preuve qu'il comprenait chacune des paroles de la jeune fille. On pouvait voir ses yeux par deux trous découpés dans le masque, mais c'était là tout ce que l'on apercevait de son vrai visage, des yeux, tirant sur le jaune, qui reflétaient une rage rentrée alliée à une volonté de fer. Et de tels yeux, il fallait bien l'admettre, ne pouvaient être que ceux d'une bête sauvage. Aux paroles de Linda, il avait levé ses puissantes mains et tentait à nouveau d'arracher son masque. En vain.

Un gémissement de douleur lui échappa et il laissa retomber ses mains, mais Linda lui présentait de la viande séchée qu'elle était allée chercher dans les sacs accrochés à la selle des cavaliers, alors il tendit ses mains à nouveau et les monta à sa bouche. Faire pénétrer les morceaux à travers le masque lui était plus facile que de laisser passer l'eau, et bientôt il mâchait avec appétit.

— Ah ! Ça y est, vous allez au moins pouvoir vous maintenir en vie, même si vous ne pouvez pas vous débarrasser de cette chose !

Linda, comme soulagée, s'agenouilla dans l'herbe, regardant l'homme dévorer avidement la viande.

Sur le côté, Rémus les observait, les yeux ronds.

— Alors, est-ce vraiment un homme ? demanda-t-il, taraudé par le doute.

— Idiot ! répliqua Linda, d'un air triomphant. Ce masque de léopard, c'est un roi ou quelque noble personnage – ou bien encore un sorcier dont il aura provoqué la colère – qui le lui aura cloué sur le visage. Bien sûr qu'aucun homme n'aurait plaisir à porter de lui-même une chose pareille. Puisqu'il est impossible de l'enlever, ce ne peut être que l'œuvre d'un sorcier. Et se tournant vers la tête de léopard :

— Oh ! Vous nous avez sauvés, et nous aussi, nous vous avons sauvé ! Nous sommes donc amis. Mais comment vous appelez-vous ?

Pendant que Linda parlait, celui-ci semblait avoir complètement repris ses forces. A n'en pas douter, en plus de la nourriture et de l'eau, sa force hors du commun et son pouvoir de récupération lui avaient été d'un grand secours. Une lanière de viande à la main, il poussa un rugissement sourd. Effrayée, Linda fit un bond en arrière, jusqu'à ce qu'elle réalise qu'il était en fait en train de parler, mais que le masque déformait ses mots. Pourtant, ses paroles ne semblaient pas incompréhensibles, et elle redoubla d'attention.

— Comment ?

— Guin...

C'est ce qu'il semblait répéter.

— Guin ? C'est votre nom ?

— Oui... je crois...

Ses mots maintenant sortaient beaucoup plus clairs.

— Je suis Linda. Et voilà mon frère jumeau, Rémus. D'où venez-vous, Guin ? Vu la couleur de votre peau, je dirais que vous n'êtes pas du Nord, mais peut-être que je me trompe ?

— Aurra... fut sa seule réponse.

— Comment ?

— Aurra...

— Aurra... C'est le nom de l'endroit d'où vous venez ?

— Je ne... sais pas.

Dans un ralenti incompréhensible, les mots butaient contre le masque de léopard. Cela commençait à irriter Linda qui, penchée sur lui, faisait claquer sa langue d'impatience.

— Aurra... Guin...

— Dites-moi, pourquoi vous a-t-on fait porter cette chose ? Parlez !

— Linda !

Rémus n'avait pas les brillants talents de sa sœur, il n'était certainement pas prophète, mais c'était un garçon pratique et rationnel. Depuis le début, d'un air inquiet, il observait les alentours où descendait une nuit d'encre, tandis que sa sœur, comme dans un rêve, ne se souciait pas le moins du monde de ce qui se passait autour d'elle, elle en oubliait même l'endroit où elle se trouvait. Agacé, le garçon finit par lui donner un grand coup dans l'épaule.

— Quoi ? Tu me fais mal !

— Enfin, Linda, je te dis que la nuit tombe!

— Je le sais bien! répondit-elle, mais cette fois son visage était quelque peu soucieux. A nouveau, elle scruta les environs, s'apercevant, surprise, que l'ombre du soir s'était approchée d'eux, à pas de loup. Elle fit rapidement le signe de Janos.

— Dites! (Ce murmure était adressé à l'homme au masque de léopard.) La nuit vient. La nuit est là!

— On le dirait bien.

La conversation se faisait plus facile. Etait-ce que les jumeaux s'étaient habitués à la façon de parler de cet homme, qui disait s'appeler Guin, ou bien était-ce que lui, ayant assouvi sa soif, prononçait plus distinctement qu'avant? Le regard de l'homme balayait les environs, perçant la forêt enveloppée dans des ténèbres moites et violettes, cette forêt porteuse de l'inconnu et de la terreur étrange qu'il suscite.

Dans les sous-bois, on entendit un bruissement; les feuillages tout à coup ondulaient. Le vent s'était levé, apportant une odeur qui n'inaugurait rien de bon. A la cime des arbres, les lianes suceuses de sang se balançaient. En bas, dans les herbes, l'œil furtif de vipères, et d'autres créatures plus inquiétantes encore, scintillait d'un éclat vermillon. Silencieuse pendant le jour, la forêt s'éveillait à sa vraie vie.

— Oui, la nuit tombe. Eh bien, qu'est-ce que ça fait? demanda Guin.

A quoi Linda fit claquer sa langue, de désespoir et de méfiance.

Enfin, vous ne savez donc pas où on est! Plus dans les plaines du Centre en tout cas! Le donjon de Stafolos est juste à la frontière entre la région des plaines centrales et des Marches. Et autant dire que dans cette contrée sauvage, on n'a jamais entendu parler de la loi des guerriers de Gohra. Même les chevaliers noirs mongauls n'oseraient pas pénétrer dans la forêt de Rood, à moins qu'ils ne forment une armée au grand complet ! Et c'est bien pour cela que nous nous sommes réfugiés dans cette forêt, tout en sachant qu'elle est peuplée de créatures ensorcelées.

» La nuit tombe ! reprit-elle, et ce n'est pas la nuit qu'on connaît ailleurs. La nuit dans les Marches, les esprits, les barbares, toutes les créatures sauvages de la forêt se déchaînent !

— Alors, faisons du feu ! proposa Rémus qui claquait des dents.

— Non ! renvoya sèchement Linda, avant de réfléchir.

— Après tout, c'est la seule chose à faire. La nuit dernière, le buisson de vanja nous a protégés, mais vous, vous êtes bien trop grand pour vous y cacher. Au fait... Guin, n'avez-vous pas pour moitié du sang de ces créatures ? N'est-ce pas pour cela que la nuit dans les Marches ne vous fait pas peur ?

Linda avait hésité à l'appeler par son nom pour enfin le prononcer avec une crainte étrange. Une sorte de frisson glacial lui avait parcouru le corps. « Mais, qu'est-ce qui m'arrive ? » se demanda-t-elle.

Elle, qui était si douée pour interpréter les signes de toutes sortes, bons ou mauvais, avait soudain peur de s'expliquer la raison de ce long tremblement qui avait agité son corps. Son frère la regardait d'un air suspicieux ; alors, comme lui, elle s'entoura les épaules de ses bras, prétendant que c'était l'air glacial de la forêt de Rood qui la faisait trembler ainsi.

De son côté, l'homme à la tête de léopard ne s'était pas rendu compte de la confusion de Linda. Il avait porté ses énormes mains devant ses yeux et les regardait avec attention.

— J'ai été blessé, murmura-t-il.

Il avait parlé si bas que seule Linda avait compris.

— Ici aussi, j'ai des blessures d'épée. Je me suis donc battu. Mais là... on dirait des traces laissées par un fouet. Les Marches, le fort de Stafolos? La forêt de Rood... j'ai déjà entendu ce nom, mais pourquoi suis-je ici, ça, je n'en sais rien. Cela me dépasse, je ne comprends rien à rien!

A ces paroles, il leva la main, essayant de palper sa tête et son cou enfermés sous le masque.

— Pourquoi cette chose sur moi?

— Vous ne savez vraiment pas? s'exclama Linda, portant aussitôt ses mains à sa bouche. Vous n'avez plus de mémoire?

— Oui... ce doit être ça.

Sans doute à cause de leur grande sensibilité, les jumeaux, mais surtout Linda, s'étaient vite habitués à la façon de parler de Guin. Si l'homme à la tête de léopard avait parlé à des oreilles inattentives, celles-ci n'auraient entendu qu'un mugissement dans les laborieuses et confuses paroles qui sortaient de sa gueule.

— Avec qui... me suis-je battu?

— Avec toute une troupe de cavaliers noirs du comte de Gohra, et vous n'en avez pas laissé un seul debout!

Linda lui montrait la clairière. L'homme à la tête de léopard regardait, incrédule.

— C'est moi qui ai fait ça?

— Oui, et de plus, vous nous avez aidés.

— Oh, Linda, je t'en supplie. Faisons du feu!

Rémus n'en pouvait plus.

Linda revint à la réalité, se préoccupant enfin de la situation.

— Oui, d'accord. Mais... tu sais que nous n'allons pas nous en tirer vivants.

— On dit que les créatures maléfiques aiment sucer le sang, que son odeur les attire.

— Ah, mais il y a la source! s'exclama soudain Linda. Faisons le feu devant cette source et passons la nuit là-bas. Les créatures ne sortiront pas de l'eau pour mettre pied à terre s'il y a du feu. Le feu est le bouclier qu'a donné Janos aux hommes pour se protéger! Et il faut qu'on amène ici trois chevaux, car demain au lever du jour, nous quittons la forêt de Rood.

— Tous les deux... (Guin cherchait ses mots) Pourquoi vous trouvez-vous dans un endroit si dangereux?

— Nous sommes...

Rémus avait à peine commencé sa phrase que sa sœur lui pinça le bras.

— Le comte des Mongauls est à notre poursuite.

Linda n'ajouta rien d'autre et se leva.

— Vite, dépêchons-nous!

— Qui suis-je?

La voix était à peine audible à travers les lèvres et si empreinte d'une amère douleur que Linda, oubliant son énervement, changea d'attitude.

— Qui suis-je?... Guin? Est-ce mon nom? Contre qui ai-je livré bataille? Pourquoi suis-je ici au milieu de cette forêt? Et pourquoi... pourquoi est-ce que je porte cette chose? Quel sortilège fait que je ne peux même pas l'enlever? A quoi ressemble vraiment mon visage ? Je suis là avec ce masque, sans plus pouvoir me souvenir de rien.

Et le monologue de l'homme à la tête de léopard continua :

— M'a-t-on poursuivi ? Me serais-je enfui pour échapper à mon châtiment après avoir commis un crime ?... Où suis-je donc né ? Qui m'a appris le maniement des armes ? Quelle était ma vie ? Je n'ai plus de souvenirs... Aurra, Aurra... Guin... Ce mot qui semble être mon nom résonne sans arrêt dans ma tête depuis tout à l'heure comme s'il m'était familier. Aurra, Aurra, que veut dire ce mot ? Est-ce un lieu ? Le nom de quelqu'un ?...

» Mon port ? Ma maison ?... Mon armure ? Mon seigneur ?... Où sont-ils ? Trouverai-je un endroit où dormir en paix entre les bras d'un ami ? Ou bien dans cet endroit me montrera-t-on du doigt comme un criminel, en voulant m'exécuter ? Je n'en sais rien... Je ne comprends rien...

Le guerrier prit sa tête entre ses puissantes paumes et, comme fou, essaya d'enlever ce masque, mais celui-ci lui collait à la peau. Il s'étendit alors par terre, couvrant sa tête de ses bras.

Linda, qui était d'une nature douce, sentit son cœur s'emplir de chagrin. Elle posa une main sur l'épaule du guerrier et le consola comme un enfant.

— Vous êtes fatigué. De plus, vous êtes blessé, murmura-t-elle avec sollicitude. Bientôt, vous allez vous rappeler. Et ce masque, on trouvera un moyen de l'enlever. Je vous aiderai. Mais maintenant il faut partir. C'est dangereux ici. Demain sera un autre jour, tout ira mieux...

3

C'était une nuit étrange, ensorcelante, que les jumeaux n'oublieraient jamais.

Bien longtemps après, le souvenir leur en reviendrait. Pour Linda, quand elle nagerait dans la mer sur les bords de Qohcée, ou quand elle serait assise dans la tour des Mongauls ; pour Rémus, quand il serait étendu entre les draps de soie de Paroh. Même le guerrier Guin se souviendrait sans doute au tréfonds de son cœur de cette nuit aussi mystérieuse que la sainte nuit de la Nativité. Ils étaient là, à la frontière, au plus profond de la forêt, avec seulement ce feu qui flambait fort entre eux et les esprits, les démons, les goules, toutes ces créatures errantes de la nuit. Même les plus sanguinaires, les plus aventureux des mercenaires de la Patrouille des Marches se seraient tenus à distance.

Les jumeaux auraient bien pu passer eux aussi pour des esprits. Avec leurs cheveux que les reflets des flammes faisaient scintiller de givre, leurs yeux violets qui luisaient comme l'argent dans les ténèbres, leurs longs membres sveltes, on aurait pu les prendre pour des naïades ou des dryades. Mais leur compagnon semblait comme venu d'un autre monde : un guerrier à la stature et à la force extraordinaires, portant un masque de léopard où brillaient des yeux emplis d'une rage noire.

Sur le conseil de Linda, Guin était allé chercher sur les cavaliers noirs de Gohra qu'il avait massacrés la plus grande des armures. Il avait aussi enfilé des gantelets, chaussé de hautes bottes de cuir et suspendu à sa ceinture la meilleure des épées à large lame. Puis enfin, il avait passé la cape noire, légère mais résistante. Cependant, il n'avait pas ramassé de casque. Car porter ce casque noir aurait pu lui être fatal si jamais il avait rencontré des barbares ou autres soldats appartenant à ces nombreux pays en guerre contre Gohra. Mais c'était aussi pour la simple raison qu'aucun casque ne pouvait couvrir cette énorme tête de léopard.

Linda, avec surprise, constata qu'ainsi habillé et remis de sa fatigue, il apparaissait complètement différent. C'était un homme maintenant, un très bel homme. Même l'étrange tête de léopard ne semblait plus si terrifiante. Elle lui donnait plutôt l'air d'un dieu, mi-homme, mi-bête, ou d'un noble guerrier à la force fabuleuse, animé en secret de l'esprit d'un animal sauvage.

La scène était fantastique. Les trois compagnons ne cessaient de nourrir le feu avec des branches et des feuilles résineuses. Les longues flammes vibrantes qui montaient avec force dessinaient un cercle de lumière aussi claire que celle du jour.

Ce disque de clarté ne représentait qu'un minuscule territoire et pourtant celui-ci les protégeait de la façon la plus sûre du monde des esprits et de tous ces êtres maléfiques qui rôdaient alentour. Les deux jumeaux de Paroh, Linda et Rémus, avaient étendu leurs capes sur l'herbe et se tenaient assis l'un contre l'autre, comme deux enfants, les mains autour de leurs genoux. De temps à autre, leurs regards fouillaient droit devant eux dans le noir opaque, puis revenaient se poser sur leur compagnon, sa gigantesque silhouette penchée en avant, éclairée par le feu. Les flammes envoyaient des reflets sur les jointures métalliques de son armure, faisant danser une bande de petits démons, ce qui lui donnait une apparence encore plus étrange et terrifiante.

Dans les ténèbres alentour, toutes sortes de créatures cachées à la vue des hommes s'agitaient, irritées par ce petit cercle de feu. Qui donc osait les défier, envahir leur territoire ? Dans les Marches, la frontière entre le monde des hommes et celui des esprits était bien délimitée ; tant que les hommes resteraient éveillés assis autour du feu, les créatures ne pouvaient rien contre eux. Durant le jour, la forêt de Rood n'était qu'une immense étendue désolée et silencieuse, mais à la nuit, elle recouvrait sa vraie nature frémissante de mille fantômes, grouillante de créatures de l'ombre insoupçonnées. Cependant, les trois envahisseurs en allumant ce feu de camp leur avaient lancé un défi, ce fragile halo de lumière était une frontière inviolable.

A quelques pas seulement, les habitants de la forêt attendaient l'occasion de se jeter sur leurs proies. Linda entendait des corps gigantesques qui rampaient dans les fourrés comme se détachant de la boue : chouuuk, chouuuk, chouuuk... Elle apercevait aussi l'œil de vagues créatures qui clignotait un instant dans l'ombre. Certaines de ces choses s'étaient même aventurées jusqu'à la frontière lumineuse et attendaient, émettant des bruits qui vrillaient les oreilles. D'autres encore décollaient dans les airs avec un bruissement d'ailes formidable, aussitôt suivi d'un choc et des cris d'un combat désespéré. Puis dans le calme revenu : crac, crac, quelque chose croquait des os ; shuu, shuu... suçait goulûment du sang, avant que la nuit ne s'agite à nouveau des bruits d'un combat acharné pour défendre sa proie.

A chacun de ces bruits, Linda et Rémus se blottissaient l'un contre l'autre, se tenant très fort par la main. Pendant quinze ans, ils avaient toujours été ensemble et s'ils étaient séparés rien qu'un instant, ils ne se sentaient plus que la moitié d'eux-mêmes. Mais quand ils étaient tous les deux comme en cet instant, quoi qu'il puisse arriver, ils trouveraient toujours la force d'affronter l'épreuve. Néanmoins, pour des enfants qui n'avaient pas encore atteint l'âge du « rituel de la majorité », passer la nuit dans un tel endroit était plus qu'ils ne pouvaient endurer.

Linda se taisait, mais fatiguée de tendre l'oreille à ces bruits épouvantables, elle rompit le silence :

— Oh ! Ce... Ce qu'il fait noir ! Le feu n'est pas en train de faiblir, ce n'est pas possible ?

Puis, aussitôt, elle se tourna vers Rémus, l'horreur se peignant sur son visage.

Le feu n'est pas en train de faiblir, ce n'est pas possible ?

Ce n'est pas possible ?

Pas possible ?

Pas possible... ?

Sa voix qui aurait dû être absorbée par la forêt résonnait : c'étaient les esprits des arbres qui ricanaient.

Le guerrier Guin se raidit et, posant la main sur sa large épée, se redressa. Il n'appréciait pas cette voix où se mêlaient méchanceté et raillerie.

— Ce n'est pas grave. Ce ne sont que des lutins moqueurs. Ils ne peuvent rien contre nous, déclara Linda, le regard scrutant les ténèbres, ignorant les voix malveillantes de ces petits démons qui retentissaient une nouvelle fois.

» Rémus, surtout ne t'endors pas. Si tu t'assoupis, les monstres des cauchemars vont s'emparer de toi. Si tu sens le sommeil te gagner, pince-toi le genou ! C'est la deuxième nuit que nous ne dormons pas. Je sais que c'est dur, mais demain...

— Demain, verrons-nous le jour sains et saufs, ça, personne ne peut le dire, Prophétesse.

La jeune fille fut fâchée, pourtant, elle décida un instant de se taire ; plutôt que d'entendre les voix moqueuses des esprits des arbres résonner dans le silence des ténèbres, elle préférait encore endurer la raillerie de son frère. Mais finalement, relevant fièrement sa tête argentée :

— Demain viendra ! Je le sais. Demain viendra et tout ira mieux. Demain ne peut être que meilleur qu'hier. Hier, nous avons dû passer la nuit dans les buissons de vanja où nous avions mal rien que de respirer, et le jour d'avant nous galopions en pleurant accrochés à la selle d'un cheval. Et le jour d'avant celui-là...

Linda s'arrêta net ; l'horrible scène surgissait à nouveau devant ses yeux. Elle porta les deux mains à sa bouche.

— Linda...

— Ce n'est rien. Nous allons nous en sortir, d'une façon ou d'une autre, murmura-t-elle, jetant un regard noir à son frère.

Le guerrier à la tête de léopard semblait enfin sortir de ses réflexions solitaires et montrer un intérêt pour ce qui se passait autour de lui. Sa voix s'éleva comme un grondement :

— Tous les deux... Pourquoi errez-vous dans la forêt? Qu'est-ce qui vous a amenés à cela?

— Nous sommes...

— Tais-toi, Rémus! l'interrompit sa sœur.

— Vous nous avez sauvés et nous vous avons sauvé. Alors, ne savez-vous donc pas qui sont vos amis?

— Je ne suis ami de personne.

Linda fut prise de frissons... Le feu pourtant flambait, si elle tremblait, ce n'était pas à cause du froid glacial de la forêt, mais parce qu'elle avait senti une ombre géante passer au-dessus d'eux en ébranlant les ténèbres. Elle se pelotonna dans sa cape.

— Ce qu'il fait noir! dit-elle dans une sorte de gémissement.

— Ce... Ce bruit, là au loin... vous n'entendez pas? Cet horrible bruit... On dirait des os qui craquent sous les dents.

— Linda prédit l'avenir, c'est une prophétesse, déclara fièrement Rémus au guerrier, avant d'expliquer : Quand nous sommes nés tous les deux, le prophète de Paroh a annoncé : « De ces deux perles, l'une sera élixir, l'autre trésor. »

— ???

— On m'a dit que cela voulait dire que Linda serait une

grande prophétesse, une divine sorcière, et moi le souverain de Paroh.

— Rémus !

Le ton de sa sœur se fit réprobateur, mais le guerrier avait envie d'en entendre plus :

— Le souverain de Paroh ?

— Oui, Paroh. Même si vous avez perdu la mémoire, vous connaissez certainement la perle des Plaines Intérieures, le royaume de Paroh ?

— Le royaume de Paroh ?

— Oui, le royaume de Paroh gouverné par sa Majesté Aldross le Troisième, n'existe plus, déclara tout à coup Linda.

Elle ne voyait plus maintenant pourquoi elle aurait caché plus longtemps la vérité à ce guerrier au masque de léopard. Les yeux des jumeaux s'emplirent des larmes trop longtemps retenues. Devant leurs yeux, défilèrent l'image de la magnifique ville de cristal, ses tours qui brûlaient dans l'incendie de la guerre, ses rues jonchées de cadavres, toute cette horreur qu'ils auraient voulu oublier.

— Ils ont incendié les tours de cristal, massacré la famille royale – le roi et la reine qui avaient reçu leur trône de Janos lui-même –, exterminé l'armée des Croisés.

Linda murmurait, proférant des malédictions.

— Je n'oublierai jamais de toute ma vie le sang qui a coulé sous la lune bleue en cette année du Dragon.

— Et moi, ai-je participé à cette guerre ? demanda le guerrier, plus concerné par lui-même que par la souffrance de Linda.

— Ça, je n'en sais rien, répondit sèchement Linda. En

tout cas, à Paroh, on n'a pas pour coutume de faire porter un masque de léopard aux captifs, et quelqu'un qui par ce moyen voudrait cacher son vrai visage ne ferait qu'attirer l'attention. L'armée mongaule du général Vlad, un des princes de Gohra, est connue pour commettre des horreurs, mais on n'a jamais entendu qu'elle ait torturé ou retenu ses prisonniers de la sorte.

Linda avait claqué de la langue, comme si elle regrettait de ne pouvoir ajouter cela à la longue liste de méfaits du Prince.

Rémus donna son avis :

— Moi, je crois que cet homme est venu des Terres du Sud.

Linda réfléchit un instant avant de déclarer simplement :

— Peut-être, peut-être pas.

Apparemment, elle ne voulait pas en discuter. Absorbée par autre chose, elle se remit à scruter les ténèbres autour d'eux.

— Dire que quand les troubadours chantaient cette ballade sur la nuit autour du feu dans les Marches, je trouvais cela romantique ! Eh bien, maintenant que j'en ai fait l'expérience, je ne veux plus les entendre déclamer de telles sottises au son de leur kitara.

— Je crois, s'exclama soudain Guin, que nous allons connaître bien d'autres aventures que celle de se chauffer auprès du feu !

Surprises par ce rugissement montant vers le ciel, des créatures s'enfuirent, s'éparpillant dans le noir.

— Que... Que voulez-vous dire ?

— Ça sent la pluie. Le vent est humide. Si la tempête se lève, c'est la fin de notre feu.

— Ah bon?

Comment ce guerrier pouvait-il sentir quelque chose qu'elle, Linda la prophétesse, ne pouvait pas sentir? L'air n'était pas spécialement humide. A moins qu'il n'ait vraiment le flair d'un léopard. Saisie par le doute, elle avait presque crié.

Mais Linda oublia vite ce doute, sachant que si la tempête arrivait, ce serait terrible pour eux. Et justement le vent humide arrivait jusqu'à ses narines. Prise d'un mauvais pressentiment, tout son corps se raidit, elle se mordit la lèvre. Le feu, attisé par le vent, grésillait, tremblait et, au-delà du cercle, Linda devina les étranges créatures des ténèbres qui s'enfuyaient effarées de tous côtés.

— Le dieu du Destin, ce vieux fou de Yarn m'exaspère! jura-t-elle en levant son petit poing vers le ciel. Ne peut-il pas nous laisser dormir en paix, attendre tranquillement demain auprès du feu! Il veut vraiment notre mort, c'est sûr, la fin de la lignée royale de Paroh!

— Linda! Il a cent oreilles! chuchota Rémus, inquiet, s'empressant de réciter des formules magiques pour se prémunir du mauvais sort.

— Quand bien même ses cent oreilles seraient aussi longues que celles des torris, ça m'est complètement égal, s'écria Linda d'un air de défi.

Les nuages qui galopaient menaçants dans le ciel et les arbres qui se balançaient de droite et de gauche comme agités par les spasmes de l'agonie, la forcèrent au silence. Elle prenait conscience aussi que mille yeux vermillon l'épiaient.

Les deux enfants se tenaient par la main, en oubliant comment ils allaient se sortir de cette nouvelle calamité. De son côté, le guerrier à la tête de léopard restait immobile, penché sur le feu, le regard dans les flammes. Le danger qui se rapprochait, s'il en était conscient, ne semblait pas l'affecter. Aussi, les jumeaux sursautèrent quand tout à coup il se leva, frappant de sa main le pommeau de son épée.

— Attention ! Le feu va s'éteindre si... commença Linda, irritée, mais à la vue des yeux du guerrier, elle n'ajouta pas un mot.

Dans la lumière du feu, ces yeux luisaient de la même lueur noire que celle des créatures sauvages rassemblées par-derrière, si bien que Linda pensa un instant qu'il était l'une d'elles et qu'il allait se jeter sur eux.

— Suivez-moi ! Si vous voulez voir demain se lever, venez avec moi. Courez, les enfants ! cria-t-il dans un long hurlement.

Aussitôt, il ramassa la plus épaisse des branches dans le tas à côté du feu, la plongea dans les flammes et s'élança dans la forêt en brandissant cette torche.

— Attendez !

Les jumeaux furent sur leurs pieds en un clin d'œil. Toujours main dans la main, ils se précipitèrent dans les traces du guerrier au masque de léopard, et bien qu'il fût rapide, ils réussirent à tenir l'allure.

Le guerrier semblait être guidé par une force invisible ou par l'instinct d'une bête sauvage ; à travers les arbres de la forêt de Rood qui se dressaient tels de noirs et macabres squelettes, il filait son chemin, dans un mouvement souple et animal, comme retrouvant une piste perdue depuis plusieurs centaines d'années.

— Guin… Guin ! Dites-nous, où est-ce qu'on va ? demanda Rémus, le souffle court.

— Ne pose pas de questions. Tu vas t'épuiser ! le coupa Guin, avant de leur crier :

— Au donjon de Stafolos !

— Linda ! Il va… cria Rémus, pris de panique.

Mais la jeune fille l'interrompit par un cri ; un serpent des herbes venait de traverser le chemin devant eux.

— Il a raison ! Soit nous nous emparons du donjon de Stafolos, soit nous errons comme des misérables dans cette forêt jusqu'à la mort. Il va réussir, crois-moi ! murmura-t-elle enfin, respirant de plus en plus fort.

— Je vous ai dit de ne pas poser de questions, reprit Guin, irrité. Si vous voulez vivre, il faut courir jusqu'au donjon de Stafolos !

— Stafolos ! cria Linda. Ecoutez-moi, les chevaux…

— Quoi ?

— Les chevaux des cavaliers de Gohra, ils sont dans cette clairière où vous avez livré bataille !

— Bien.

Guin, le temps d'une seconde, regarda à droite et à gauche, son instinct lui dictant sur-le-champ le chemin de gauche.

— Si ces chevaux n'ont pas été dévorés par les esprits maléfiques, on arrivera à Stafolos avant la tempête, annonça Linda.

Mais tout à coup ses jambes furent comme paralysées. Elle haletait ; la torche dans la main de Guin s'éloignait, la laissant en arrière, et le souffle de ces horribles créatures lui effleurait le cou, lui donnant la chair de poule. Rémus l'attrapa par la main et essaya de l'entraîner avec lui, mais il ne réussit qu'à ralentir leur course à tous les deux. Linda, à bout de souffle, s'effondra sur l'herbe, poussant un faible cri.

Elle se sentit soudain soulevée dans les airs en douceur.

— Guin ! Non, remettez-moi par terre !

— Attrape la torche, ne la lâche pas, si tu ne veux pas être dévorée ! hurla Guin en guise de réponse.

Avec elle, perchée sur son épaule gauche tel un petit oiseau, il courait à travers les arbres, se rapprochant rapidement de la clairière. On aurait dit qu'elle ne pesait pas plus qu'une plume.

— Si les lianes-vampires descendent sur toi, chasse-les avec la torche, mais surtout prends garde à ne pas la laisser s'éteindre !

— J'ai... J'ai compris. Guin.

Les ténèbres redoublaient leurs menaces, sortant maintenant leurs crocs. Partout sous les arbres, des milliers d'yeux vermillon les épiaient. Les nuages couraient de plus en plus vite dans le ciel, et la lune, cette alliée peu fiable, disparut, comme si la lumière blanche teintée de bleu de la déesse Ilis avait été noyée sous une masse d'encre.

— Hé, les enfants !

Guin s'arrêta, et grondant :

— C'était vraiment là ?

— Oui... je crois. Mais pourquoi...

— Eclaire avec la torche !

Linda était habituée à donner des ordres et à les voir exécuter, mais en recevoir, et d'une manière si brusque, était nouveau pour elle. Cependant, dans la voix du guerrier au masque de léopard, quelque chose lui intimait d'obéir, qu'elle en ait envie ou non, et c'est pourquoi elle fit ce qu'il lui demandait. Elle dut surmonter sa répugnance, car elle savait l'horrible spectacle des quatre cadavres que lui révélerait la lumière de la torche. Avec une grimace, elle éclaira le sol de la clairière.

Rémus, collé au guerrier, poussa un léger cri de surprise :

— Ils ne sont plus là ! Il n'y a plus rien !

Dans la lumière tremblante de la torche qui chassait les ténèbres, apparurent deux buissons épineux de vanja aux branches cassées çà et là, un casque noir tombé à terre, une large épée brisée en deux et des traces de sang. Aucun doute possible, c'était bien là l'endroit où Linda et Rémus s'étaient cachés avant d'être capturés par les cavaliers de Gohra, puis sauvés par Guin.

Pourtant, bien que ce dût être là, on ne voyait aucun cadavre de soldats.

Pas trace non plus de celui que Guin avait écrasé de ses mains, pas plus que de l'autre dont il avait envoyé valser la tête d'un grand coup d'épée. Et évidemment pas de chevaux attachés entre les arbres, grattant nerveusement le sol de leurs sabots ou broutant, le museau dans les herbes.

— Guin ! murmura Linda d'une voix rauque.

— Ils ont été mangés, conclut le guerrier.

— Guin, qu'est-ce qui a pu faire ça ?

— Des goules, des loups, ou autres créatures.

— Oh !

Linda ferma les yeux et, de sa main libre, agrippa très fort la tête de léopard. Elle avait l'impression que dans les ténèbres de la clairière des goules géantes allaient surgir et l'attaquer, mais le bras passé autour du cou du léopard et sa joue pressée contre la douce fourrure de sa crinière, elle commençait peu à peu à se rassurer et bientôt ce sentiment de sécurité pénétra jusqu'au plus profond de son être.

Guin, avec la jeune fille toujours perchée sur son épaule tel un petit oiseau, en un instant, décida de la marche à suivre. Les chevaux ne se trouvaient plus là et Stafolos était toujours loin. La distance n'était pas si considérable peut-être, mais ils n'avaient aucune chance de battre la tempête de vitesse. Alors fallait-il attendre qu'elle se déchaîne dans cette contrée sauvage, en pleine nuit ? Non, aucun guerrier, même le plus valeureux, n'aurait voulu affronter cela. Le monde des esprits, dès la nuit tombée dans les Marches, avait ses règles dont certaines le séparaient clairement du monde des hommes, mais la tempête faisait fi des règles, elle balayerait tout.

Le vent se mit à hurler, les arbres gémissaient et craquaient. Au loin, un hululement lugubre s'éternisa dans les ténèbres – l'âme errante d'une femme morte dans la peine et la souffrance – ou bien un loup des montagnes.

— Guin, murmura le garçon d'une voix tremblante, il y a quelque chose...

— Je sais. Ce sont ces individus.

Les ténèbres s'épaississaient, refermant lentement sur les trois compagnons ce magma gluant et vicieux. La seule chose qui les protégeait était la pitoyable lumière de la torche découpant à peine un vague cercle autour d'eux.

— Les enfants ! gronda sourdement Guin. Toi, le garçon, passe derrière moi. Agrippe-toi à ma ceinture sous ma cape, et suis mes mouvements. Toi, la fille, accroche-toi à mon cou, ne lâche surtout pas ma crinière. Je suis de chair et de sang, un homme bien vivant, et tant que je me battrai, ces créatures ne pourront rien contre vous.

— Mais si la tempête arrive...

— Eh bien, à ce moment-là, nous implorerons Yarn d'avoir pitié de nous ! prononça Linda, tremblante et serrant de toutes ses forces la crinière de léopard.

Elle se demandait ce que cet homme cachait au plus profond de la vallée de sa mémoire oubliée, tout en sachant qu'il avait l'expérience, de ce monde, beaucoup d'expérience car n'avait-il pas réussi à survivre tout seul, errant dans les Marches ? Et à cette heure, son expérience et son épée étaient les seules choses sur lesquelles les jumeaux de Paroh pouvaient compter.

Le vent hurla encore plus fort. Dans le noir, entre les arbres, on sentait les créatures malveillantes se rapprocher, n'attendant que l'occasion de fondre sur eux.

Et soudain quelque chose déchira les ténèbres !

Linda poussa un grand cri.

Comme surgissant des entrailles des ténèbres, une chose arriva à toute vitesse sur eux, sans bras, sans jambes, sans corps !

C'était une tête coupée ravalant sa rancune, roulant deux yeux globuleux et blancs. Les dents claquaient d'impatience, attendant le festin de chair et de sang, et les deux horribles sphères troubles des yeux ne reflétaient que le vide. On aurait dit une énorme boule, emplie de vie haineuse, attaquant maintenant le guerrier, comme propulsée au bout du long fil blanc d'un nerf, et prête à planter ses dents dans l'épaule de Linda.

— Aaah!

Linda venait de glisser de l'épaule de Guin. Il la réinstalla fermement sur son dos et, s'emparant de la torche de sa main libre, la brandit contre la tête.

Une odeur de chair brûlée se répandit, suivie d'un rire de coyote. La tête à l'œil brûlé, dont le pus se répandait sur la joue, battit en retraite, réverbérant dans les ténèbres son rire moqueur.

— C'est une goule, déclara brièvement Guin.

Il tira son épée.

— C'était juste une tête!

— Qui mange des cadavres et vient posséder les humains. Normalement, elles ne s'attaquent pas aux vivants, mais celle-ci a dû goûter la chair crue des chevaux, ce qui a décuplé son énergie.

— La voilà qui revient!

La tête arrivait une seconde fois, fendant l'air. La lumière de la torche éclaira sa bouche, dont les dents s'entrechoquaient bruyamment, puis la moitié de sa face brûlée.

— Saleté! jura Guin.

Derrière, dans les ténèbres, suivait la terrifiante armée de reconnaissance composée d'horribles cadavres. L'un sans tête. L'autre fendu en deux du cou jusqu'aux reins dont le sang jaillissait encore. Un bras déchiré déambulait sur la pointe des doigts, suivant un corps qui avait été écrasé et aplati par une sorte de massue en une caricature d'humain. Tous étaient les cavaliers de Gohra que Paroh avait combattus et qui avaient repris vie dans les ténèbres sous la forme de ces abominables fantômes. Parmi eux, le capitaine dont il avait impitoyablement rompu le cou, balançait son tronc, le cou dodelinant en arrière encore rattaché par un fil au blanc de l'os. Et en fin de cortège, envoyant des reflets bleuâtres, déambulaient les squelettes blancs et propres des quatre chevaux.

Entre les arbres noirs qui se tordaient sous la tempête, ces créatures de l'enfer se frayaient un chemin dans un étrange halo bleu. Pas une n'était entière. A l'une manquait les yeux pour voir, à l'autre les oreilles pour entendre ; pas une qui ne soit pourvue des cinq sens au complet. Elles bougeaient en silence, rongées par une faim éternelle que rien, pas même la chair des morts qu'elles engloutissaient, ne pouvait assouvir. Leur désir brûlait si fort qu'il en était glacial, on pouvait presque le palper, on le sentait aussi dans les vagues d'envie et de frustration effroyables qui agitaient leurs corps. Poussées par cet appétit répugnant qui excitait leurs corps, ces créatures passaient soudain à l'attaque.

Un cri de bête s'échappa de la bouche de Guin, faisant vibrer l'air alentour. A grands coups d'épée, un de droite, un de gauche, il abattait ces démons dévoreurs de chair. La lame bien aiguisée coupait comme dans du beurre, fendant la tête qui l'attaquait en deux, détachant ce cou tordu du tronc, frappant le crâne des chevaux. Il tournoyait avec précaution afin de protéger la torche dans sa main gauche. C'était leur unique chance de survie, ce que n'ignoraient pas non plus ces viles créatures. Evitant la lame sur la droite, elles se faufilaient sur la gauche, dans l'espoir de s'en emparer. Guin, à chaque coup sur la gauche, en abattait une. Elles n'essayaient pas de se protéger, ce qui lui rendait la tâche plus facile, mais…

— Arrière ! Maudits dévoreurs de cadavres !

Guin poussa un terrible rugissement. Si les goules ne se

protégeaient pas, il y avait à cela une raison. A chaque fois que l'épée décollait une tête ou fendait un tronc en deux dans le sens de la longueur, les morceaux roulaient par terre, restant un instant à distance. De la blessure, s'écoulait un horrible liquide visqueux, ce qui toutefois ne les affectait pas plus que ça, car d'un corps partagé en deux naissaient deux autres assaillants, et d'un autre partagé en trois, trois autres, et ainsi de suite. Et tous aussitôt se lançaient vicieusement à l'attaque.

— Guin ! cria Linda épouvantée, serrant de toutes ses forces la crinière du guerrier à chacun de ses coups d'épée.

Un bras déchiré avait bondi dans l'air, évitant l'épée et la torche, et avec les mouvements d'un grotesque clown, il s'était agrippé à son épaule nue. La jeune fille poussa un hurlement de dégoût, essayant de s'en débarrasser, mais le bras se collait à sa peau chaude, telle une horrible sangsue.

— Va-t'en ! Va-t'en, sale bête !

Aux gémissements de Linda, Guin rapide comme l'éclair, passa l'épée dans sa main gauche et la torche dans la droite. Il la pressa contre le bras cramponné à sa proie ; la chair grésilla, puis aussitôt le bras se détacha, roulant dans les broussailles.

La peau du bras de Linda où s'était collée cette horrible chose était rouge et boursouflée. On aurait dit qu'une ventouse avait aspiré sa chair. Sans se retourner, Guin, rugissant, continuait de pourfendre les monstres. En vain, cependant.

— Les enfants, il faut vous battre ! Je vais compter jusqu'à trois. A trois, je lance la torche et je ramasse les branches de cet arbre tombé, vous les allumerez et vous vous défendrez avec. Si vous voulez voir l'aube, ne les laissez pas s'éteindre.

— On a compris, Guin !

— Bien. Un, deux, trois !

A trois, Guin lança sa torche en l'air et avant qu'elle ne retombe se pencha pour ramasser les branches. Mais à peine avait-il ouvert la main, qu'une tête coupée dont la cervelle se répandait et un torse dégoulinant d'humeur se jetèrent sur la torche, essayant de voler la précieuse flamme. Le guerrier in extremis la rattrapa dans sa main gauche et, de la droite, donna un grand coup d'épée qui les repoussa au loin.

— Allumez-les ! cria-t-il aux jumeaux, leur jetant les branches.

Linda fit deux nouvelles torches à l'aide de l'ancienne.

— Linda, tiens !

— Oui, je l'ai !

Trois torches maintenant flamboyaient. Les goules néanmoins, poussées par une soif démoniaque, ne faisaient pas mine de se retirer. Linda, agrippée à la ceinture de Guin, se battait contre ces répugnants morceaux de chair putréfiés, agitant sa torche.

— Guin, murmura timidement Linda.

Sur le dos du guerrier, elle brandissait sa torche mais n'osait pas s'en servir contre les goules. Sa voix tremblait de peur.

— Qu'est-ce qu'il y a ?

— La pluie… une goutte sur ma joue !

La tempête était là.

Tout autour, la joie lugubre des goules retentissait sans bruit. Elles ne ricanaient pas, c'était le coyote qu'on entendait rire au loin. Les goules se taisaient, mais elles se pourléchaient les babines à l'idée du délectable festin ; l'air vibrait de leurs ondes mauvaises dont les cercles se resserraient sur les trois victimes.

— Oh ! Dieu Janos ! gémit Linda, si le feu s'éteint à cause de la pluie, on va se faire dévorer !

— Non, les enfants ! Vous devez vous battre ! Tout espoir n'est pas perdu ! Le sang royal de Paroh ne coule-t-il pas dans vos veines ?

Guin, sans montrer le moindre signe de fatigue, continuait de riposter, réalisant cependant qu'il ne servait à rien de couper dans cette chair morte, il changea de tactique, les embrochant de la pointe de son épée pour les rejeter aussi loin que possible.

— Ah ! Guin, ma main est presque paralysée. Je vais lâcher la torche !

La voix de Linda était désespérée. Avec les forces qui lui restaient, elle continuait de serrer l'énorme cou de Guin, mais dans son autre main la torche se faisait de plus en plus lourde. Elle sentait qu'elle allait lâcher prise. Rémus, lui, avec sa propre torche, essayait d'aider Guin, repoussant bravement les viles créatures. Or soudain, un torse déchiré en lambeaux vola sa branche enflammée. Il poussa un cri.

D'énormes gouttes de pluie s'écrasaient maintenant sur leurs visages et les goules s'enhardissaient, montrant de toutes leurs dents leur joie mauvaise.

Un vent violent balaya la chevelure de Linda. Guin s'arrêta de combattre, reculant pour protéger sa torche.

— Doal soit maudit ! rugit-il, j'ai dû me sortir de bien pire que ça pourtant !

— Guin ! Regardez !

La voix était si chargée de terreur que le guerrier, une

seconde, oublia les goules et le danger. Il se retourna et regarda... puis gronda sourdement.

Comment imaginer cela? Du cœur des ténèbres, une troupe de cavaliers avait surgi : armures noires, capes noires, casques noirs, jusqu'aux chevaux tout caparaçonnés de noir, les œillères baissées sur les yeux pour calmer leur frayeur. Les hommes, en trois colonnes parfaites, un court fouet à la main, cravachant le cou de leurs montures, avançaient rapidement.

— Une patrouille du donjon! cria Rémus. Oh! Linda! C'en est fait de nous!

— Non, attendez, chuchota Guin.

Dans ses yeux, à travers le masque de léopard, fusa la lueur bleue d'un fol espoir.

— Non. Au contraire... ils vont peut-être nous sauver la vie! On dirait que les goules et les cavaliers viennent de faire connaissance.

Les chevaux se cabrèrent, refusant d'aller plus loin. Aucun des hommes, remarquables cavaliers, ne fut jeté à bas, mais dans leurs rangs, on entendit des cris d'horreur et de répulsion. Les goules, ayant flairé la chair fraîche de proies de grande taille, s'étaient agglutinées autour d'eux. Ces immondes morceaux de cadavres, fendus, déchiquetés en lambeaux, écrabouillés, grouillaient comme les vers répugnants de l'enfer, leur désir de chair fraîche jamais assouvi dans ces misérables corps.

— Regardez! Les goules nous ont oubliés pour des proies plus grosses! gronda Guin, ses épaules se soulevant à chaque respiration.

— Qu'avaient donc ces cavaliers dans la tête? Par une nuit pareille, avec la tempête qui se préparait... ils portent le blason de Stafolos sur leurs armes, ils ne sont pas sans connaître les dangers des Marches ! s'étonna Linda, à quoi Guin répondit :

— Partis à la recherche de leurs camarades qui ne sont jamais rentrés, ils sont allés trop loin. La nuit les a sans doute surpris dans la forêt de Rood et les esprits se sont alors joués d'eux, les faisant tourner en rond. Mais vous voyez, ils ont des torches accrochées à leur selle, ils savaient donc ce qu'est la nuit dans les Marches, ils connaissaient cette peur qui vous pénètre jusqu'à la moelle !

— Guin, regarde ! s'exclama Rémus tout tremblant, s'agrippant au bras du guerrier-léopard.

La clairière, soudain transformée en une vision d'enfer, retentit des cris de l'horrible combat. Les cavaliers de Gohra étaient habitués à défendre leurs terres contre les envahisseurs, ils étaient même entraînés à se battre contre les goules, cependant cette fois, elles étaient trop nombreuses. Plus Guin en avait abattu de son épée, plus elles s'étaient multipliées, telles les créatures infernales de Nociphère, et maintenant le résultat était tragique pour les soldats. Toujours en formation, ils n'avaient pas la place de faire danser leurs épées alors que la horde de vampires se jetait sur eux. Ils évitaient la lame, atterrissaient sur leur bouclier, et avec acharnement remontaient jusqu'à la peau exposée de leur gorge, de leur visage. Les cavaliers tombèrent de cheval en hurlant ; à terre ils essayèrent d'arracher cette chair putréfiée qui s'accrochait à eux, mais les goules comme des sangsues se collaient à leurs visages, les étouffant jusqu'à leur dernier souffle, tout en se délectant de cette bonne chair chaude.

Linda poussa un cri d'horreur, cachant son visage derrière

l'épaule de Guin. A plusieurs, des goules avaient immobilisé des cavaliers qui se débattaient en criant, et elles en suçaient la chair, creusant petit à petit leur visage jusqu'à ce qu'il ne soit plus que trous béants. Puis, ainsi excitées, elles pénétraient avidement à l'intérieur des armures, cherchant de plus grandes surfaces de chair tendre. Des cavaliers encore à cheval, hurlant de rage, avaient sauté à terre pour porter secours à leurs camarades, mais avant qu'ils puissent les atteindre, ils étaient engagés dans une bataille à mort pour défendre leur propre vie.

— Ah ! Guin ! Il faut les aider.

Rémus, en garçon, n'avait pas enfoui son visage dans ses mains comme sa sœur ; toutefois, pris de nausée, il se serrait contre Guin, tremblant de tous ses membres.

— Ne sois pas si stupide, mon garçon ! répondit le guerrier. Ne sont-ils pas venus pour vous capturer ? Ce sont vos ennemis. Que ces dévoreurs de cadavres s'intéressent à eux, c'est notre chance. Vraiment, nous devrions en profiter pour nous sauver, bien que je ne sois pas sûr qu'on ait grande chance de voir demain se lever si on s'enfuit maintenant dans les ténèbres de la forêt de Rood. Si seulement ceux-là pouvaient se battre jusqu'aux premiers rayons de… !

Guin s'était tu tout à coup dans un rugissement si impétueux que Rémus avait sursauté et crié. Même Linda frémit de peur.

— Guin ?

— Je suis vraiment bête !

— Guin, qu'est-ce que c'est ? Guin ?

Le guerrier leva sa tête de léopard vers le ciel et laissa échapper un formidable juron, puis :

— Ah! J'avais oublié l'ignoble nature de ces dévoreurs de cadavres! Ils mangent les cadavres humains et les bêtes vivantes, entrant dans leurs corps, prenant leur place. Quand ils auront possédé ces cavaliers, ils vont se souvenir de nous, vous pouvez m'en croire!

— Guin...!

— Contre un tel nombre, je ne peux pas résister jusqu'à l'aube. Au diable, Yarn et sa sagesse! rugit Guin, lançant ses deux puissants bras vers le ciel, dans un geste qui pouvait paraître une prière ou une malédiction.

Mais brusquement, il baissa les bras et commença à s'agiter en tous sens.

— Guin... Guin... Qu'est-ce qu'on va faire! s'écria Linda au comble de la peur.

Sans se retourner, Guin hurla :

— Les enfants, donnez-moi vos torches! Nous allons mettre le feu!

— Mais nous allons tous mourir brûlés!

— Vous préférez être sucés vivants jusqu'à la dernière goutte par les goules? s'exclama le guerrier au masque de léopard, prenant la torche des mains de Linda et la frottant sur les broussailles.

— Allez, enflammez-vous! Migel, dieu du Feu, Dagon, dieu du Vent, donnez-moi votre force. Allez! Brûle, maudite forêt!

Les feuilles et les branches gonflées d'une riche sève huileuse résistèrent un moment au violent assaut de Guin. Mais bientôt, un léger crépitement se fit entendre, suivi d'une flamme orange qui courut comme l'éclair dans les herbes.

Dans les ténèbres de la forêt, une onde de panique se

répandit. Des petits oiseaux qui dormaient tranquillement dans les branches s'envolèrent dans un désordre d'ailes, des serpents des herbes filèrent dans le sous-bois en sifflant : shou... shou... La terreur gagna aussi les cavaliers et les goules qui se battaient, inconscients de tout le reste.

Le feu éclaira une vaste étendue de la clairière. Le règne des ténèbres s'effondra ; les démons, effarés, laissèrent là les proies encore vivantes qu'ils dévoraient à belles dents, pour se sauver en pagaille. Les flammes s'élevaient plus hautes, plus claires, embrasant le ciel. Les goules, acculées par cette chaleur et cette lumière, tournaient en rond, cherchant désespérément un abri.

— Guin, la chaleur du feu ! On ne peut pas se sauver ! Le feu se rapproche trop vite ! s'écrièrent les jumeaux.

Guin restait immobile, la main sur la hanche, sa cape flottant derrière lui, agitée par le vent qui décuplait la force des flammes. Sa silhouette se détachait sur l'incendie, entourée par les goules et les chevaliers transformés en torches vivantes par la forêt de flammes. On aurait dit une image des enfers. Ce guerrier, tel un dieu mi-bête, apparaissait animé d'une force et d'une volonté de fer. Linda retenait sa respiration.

Encerclées par le feu, les goules s'éparpillaient. Celles qui se faisaient prendre par les flammes poussaient des jurons ignobles. Transformées en boules de feu vivantes, comme les cavaliers, elles tourbillonnaient en tous sens. Elles ne brûlaient pas mais rétrécissaient, telle la glace qui fond peu à peu au contact du feu. Leurs cris d'agonie et leurs maléfices couvraient le crépitement des flammes et le hurlement de la tempête. Lorsque le vent s'engouffra dans les cheveux de Rémus et de Linda, léchant leur peau de son souffle brûlant, les jumeaux ne purent s'empêcher de joindre leurs cris à celui des goules.

Alors, Guin bougea.

Un instant auparavant, le guerrier à la tête de léopard était encore immobile, telle la statue d'un dieu, mais voilà que brusquement il passait à l'action. Soulevant de terre les jumeaux de Paroh, il les cala, chacun d'un côté, sous ses bras puissants.

— Venez, les enfants ! hurla-t-il, s'élançant sur le chemin par lequel ils étaient venus.

Il galopa, fuyant le feu qu'il avait lui-même déchaîné.

Ce feu avait pris les proportions d'un immense incendie brûlant jusqu'aux cieux, transformant les ténèbres en lumière. Guin courait, courait, renversant sur son passage les autres créatures démoniaques de la forêt qui s'éparpillaient. Il courut jusqu'à ce qu'enfin il trouve ce qu'il cherchait : la source de Rood !

— Par cette clarté, ces créatures n'oseront pas nous provoquer ! gronda-t-il, en sautant dans la source, sans même laisser aux jumeaux, toujours sous son bras, le temps de protester. Bientôt leurs têtes furent sous l'eau.

Des langues de feu crépitaient et chuintaient avec rage jusqu'au bord de la source. On aurait dit que le feu enrageait d'avoir laissé ses proies lui échapper de si peu. Il embrasait la profonde forêt de Rood restée silencieuse pendant des milliers d'années ; il la violait, l'envahissait, comme jaloux de ces noires créatures qu'elle élevait en secret dans la tiédeur de son sein.

— … Les enfants?

De l'eau sortit d'abord une tête de félin, trempée, dégoulinante d'eau.

— Eh! Les enfants, vous êtes vivants?

Deux petites têtes mouillées apparurent de chaque côté de celle du léopard. Linda recracha une gorgée d'eau et, claquant des dents, répondit :

— Oui, bon… On pourrait aller mieux.

Guin observa les alentours… La désolation régnait. Le feu dans sa violence avait tout détruit sur son passage, sauf quelques vestiges du combat. Les arbres dressaient leurs silhouettes calcinées et les broussailles s'étaient transformées en un pitoyable tas de cendres. L'étendue de forêt consumée était immense : on voyait à perte de vue à travers les noirs squelettes recroquevillés des arbres.

Le guerrier, ne percevant aucun danger imminent, sortit de la source. Il s'ébroua tel un chat sauvage après une baignade forcée.

Quelques coups de sa tête pour se débarrasser des dernières gouttes et Guin tendit les mains pour hisser les jumeaux hors de l'eau. S'accrochant à ses bras, ils émergèrent de la source, trempés de la tête aux pieds. Leurs mâchoires s'entrechoquaient. D'abord, ils se regardèrent l'un l'autre, puis s'embrassèrent.

Au-delà des arbres carbonisés, le bleu encore flou d'une ligne de montagnes se dessinait. Puis, là, au-dessus, oh!… le soleil darda son premier rayon. Il ne brillait peut-être pas autant que par le passé, mais cette chaleur enchantait leur cœur.

— Oh ! Nous sommes en vie ! Nous avons réussi ! murmura Linda, le doute mêlé à la joie dans sa voix.

Elle serrait toujours très fort son frère dans ses bras et dit :

— Que l'air est parfumé ! Ah ! Qu'il fait clair !

— La tempête a été notre sauveur ! Et deux fois en plus ! déclara Guin au milieu d'un grondement. Le vent en répandant le feu nous a sauvés de ces créatures de la forêt dévoreuses de cadavres, et la pluie est venue juste à temps pour éteindre ce feu, sinon la source aurait bouilli et nous aurions péri brûlés comme les goules et les cavaliers. Nous avons eu une chance inouïe ; cela ne se renouvellera pas.

— Ce... Ce feu, on a dû le voir de Stafolos, non ?

— Bien sûr qu'ils l'ont vu, un feu pareil ! répondit Guin. Ils vont attendre qu'il s'éteigne avant d'envoyer une autre patrouille de recherche. Peine perdue, on ne sera plus là depuis longtemps ! Bon, mais d'abord, les enfants, il faut que vous mangiez quelque chose et que vous vous séchiez.

A ces mots, Linda tordit sa cape qui s'égoutta sur les cendres.

— Si nous ne mangeons pas, nous n'aurons même pas la force d'échapper à une patrouille, ils nous trouveront sans vie. Mais quel bonheur, un grand cuisinier nous a déjà préparé la table chargée de viandes rôties à point.

— Comment pouvez-vous... ? s'indigna Linda, ses yeux flamboyant de reproche.

Cependant, la vue de ce guerrier à tête de léopard – se détachant dans la lumière dorée du matin tel Cirénos, le dieu mi-homme mi-bête – l'intimida. Elle ravala ses objections et se joignit à lui, cherchant dans la cendre et les troncs calcinés, les petites bêtes grillées par l'incendie. Quand les jumeaux virent Guin dévorer à belles dents sa première trouvaille, un jus appétissant coulant sur ses babines, ils n'eurent plus aucune hésitation et se rassasièrent eux aussi.

— Qu'est-ce qu'on va faire maintenant? demanda Linda, se léchant les doigts de délectation.

Comme ils n'avaient pas mangé depuis la veille, cette nourriture leur réchauffait agréablement le corps.

— Bonne question! rétorqua Guin en secouant la tête. Il faut d'abord que je me trouve. Qui suis-je? Qu'est-ce que ce masque? Et Aurra, il faut que je sache.

— Et nous alors...!

Linda et Rémus se regardèrent.

Or voilà que Guin s'esclaffait d'un rire énorme, les coupant net.

— Ce que l'on va faire, plus la peine d'y penser. L'ordre du jour, c'est survivre. J'entends le bruit d'une centaine de sabots qui se rapprochent. Ce sont ceux de Stafolos, à coup sûr. Assez discuté!

Deuxième partie

LE DONJON DU COMTE NOIR

1

Au-dessus de leurs têtes, le ciel étendait sa voûte mauve à l'infini.

Sous leurs pieds, la végétation qui n'était plus qu'un amas de cendres noires transmettait encore par endroits la chaleur du formidable incendie. L'air âcre du matin sur les Marches piquait les narines, purifié et rafraîchi par le feu et la pluie de la nuit.

Les jumeaux comprirent d'un seul regard que cette trentaine de cavaliers étaient ceux de Gohra. Tout ce qu'ils arboraient était noir : casque, armure et cape. Même leurs chevaux étaient bardés de noir. Foulant la cendre, ils avançaient comme tissant un fil entre les squelettes calcinés des arbres. Se cacher ou s'enfuir, les jumeaux n'y pensaient même pas. Cloués sur place, ils attendaient leur venue, l'œil fixé sur les casques à la visière rabattue et à la pointe tournée droit vers eux. Les premiers de la file portaient une arbalète, pointée en direction de leur gorge, prête à leur décocher un trait fatal.

La détresse des jumeaux qui venaient d'être découverts par la patrouille du donjon n'était en rien comparable à la surprise de leurs adversaires.

Les jumeaux, main dans la main, retenant leur souffle, observaient les cavaliers de leur regard violet, telle la couleur du ciel lorsque le soleil l'avait quitté. Leurs cheveux blond platine, maintenant secs après la douche forcée de cette horrible nuit, resplendissaient d'une lumière encore plus vive. Linda et Rémus, les deux jumeaux de Paroh, dans leurs bottes et pourpoint de cuir, apparaissaient comme deux esprits espiègles de la forêt de Rood.

L'image des deux adolescents était fascinante, certes, mais que dire de ce géant qui se détachait sur les squelettes des arbres, les bras croisés sur son puissant torse ? Ce dieu moitié bête, moitié homme, bouleversait la raison de ces chevaliers venus à la recherche des leurs dans cette forêt qui, en l'espace d'une nuit, avait été réduite en cendres.

Même les jumeaux qui avaient passé cette nuit d'aventure au côté du géant, et qui commençaient à ressentir une étrange sympathie pour lui, ne pouvaient s'empêcher de penser que cette créature fantastique était le produit de l'imagination débridée d'un démon.

Dans la lumière du matin, Guin resplendissait comme un roi. Ce n'était plus le vagabond qu'ils avaient trouvé au bord de la source, une grossière toile autour des reins, le corps couvert de blessures, souillé de boue et de sang séché. Maintenant, l'armure, les jambières, les gantelets, la large épée et la cape qu'il avait pris aux soldats vaincus de ses mains, lui donnaient l'air d'un antique guerrier de légende. L'armure ne cachait pas ses formes, au contraire, elle faisait ressortir les superbes muscles de ce corps massif de géant, qui n'en était pas moins agile et souple.

Cependant, à partir du cou, il éveillait une terreur superstitieuse, car il n'y avait rien d'humain dans ce visage. Même un être primitif de Nociphère n'aurait pas attiré autant les regards. Emergeant de la cape noire rejetée en arrière sur les puissantes épaules, une tête étincelait d'or, terminée par deux oreilles rondes. La gueule aux crocs acérés était celle d'un redoutable félin. De plus, sur l'imposante mâchoire inférieure, des deux côtés, se détachaient noires sur le jaune doré des petites mouchetures rondes qui, cela ne faisait aucun doute, appartenaient bien à un léopard.

Quelqu'un doué d'un esprit rationnel, mais aussi d'imagination, s'approchant pour mieux voir, aurait pensé que c'était la main d'un sorcier qui avait collé ce masque de léopard sur la face du guerrier. Il aurait rejeté la possibilité d'un monstre mi-homme, mi-bête sorti de la légende pour faire irruption dans la réalité. Toutefois, même un esprit rationnel n'aurait pas juré qu'il s'agissait là seulement d'un masque car sur la ligne séparant la tête de léopard du cou humain, il était impossible de décoller le poil pour arracher la chose. De plus, les yeux, qui brillaient d'une lumière sauvage à travers le masque, étaient bien ceux d'un léopard reflétant une formidable énergie animale.

Les cavaliers coupèrent à travers les squelettes des derniers arbres et s'arrêtèrent en formation devant les trois compagnons, leur barrant la route. Leurs yeux ne quittaient pas cette apparition fantastique, toutefois ils étaient de vrais guerriers de Gohra, renommés pour leur bravoure – un de leurs soldats en valait cent de toute autre armée – et ils avaient vu tant de choses durant leurs patrouilles dans les Marches qu'ils maîtrisaient parfaitement leurs montures, gardant leurs arbalètes pointées sur leurs proies. Ils n'étaient pas plus de trente, mais prêts à l'offensive dès que leur capitaine, qu'on reconnaissait à la plume flottant sur le haut de son casque, leur en donnerait l'ordre.

Celui-ci, plus que tous les autres, était fasciné par l'apparition fantastique de Guin. Tapotant le cou de son cheval noir pour le calmer, il resta un long moment à fixer les trois compagnons, puis sortit enfin de son rêve :

— Ah ! Quelle surprise ! Je suis sorti au petit matin du donjon pour rechercher les causes de l'incendie de la forêt de Rood et celles de la disparition de nos deux patrouilles, avec ordre de ramener le jeune prince et la princesse de Paroh qui sont sans aucun doute à l'origine de tout cela. L'incendie, je n'y comprends rien, mais nous avons retrouvé au cœur de la forêt les os et les cadavres brûlés de nos camarades, et voilà les deux perles de Paroh. Mais cette chose-là, ça alors...

Il s'arrêta un instant.

— Si on m'avait dit que j'allais trouver ici, dans la forêt de Rood réduite en cendres, un monstre pareil, une créature de Cirénos ! Qu'est-ce... Qu'est-ce que ce monstre !

Le capitaine avait levé son fouet et le pointait sur Guin, puis il fit un geste insolite, dans lequel Linda reconnut le signe utilisé à Gohra pour écarter les démons.

Les yeux flamboyant d'une violente lumière jaune, Guin fixaient les cavaliers.

— Les enfants ! appela-t-il d'une voix étouffée et grave, qui parut comme un aboiement aux oreilles des hommes de Gohra. Ils sont venus, c'était à prévoir, chercher leurs compagnons. Maudites arbalètes, qu'est-ce qu'on peut faire contre elles ? Je compte jusqu'à trois, et vous courez chacun d'un côté. Je vais prendre le capitaine comme bouclier.

— Non, Guin ! Ne faites pas cela ! s'écria Linda, le retenant par le bras des deux mains. Ils sont trente avec leurs arbalètes prêtes à nous trouer, c'est trop ! On ne peut rien faire.

— Cette bête a dit quelque chose? demanda le capitaine d'une voix méfiante, résonnant d'un fort accent campagnard.

Avant que Guin ne puisse agir, Linda jeta un coup d'œil à son frère jumeau, puis s'avança, insolente :

— Chiens de Gohra ! Les jumeaux de Paroh ne s'enfuiront pas, ne se cacheront pas. Ramenez donc « les deux perles » à votre seigneur de Stafolos. Soyez fiers de votre prise. Mais cet homme ici, ce guerrier, n'a rien à voir là-dedans. Je vous demande donc de nous ramener nous seuls !

Le capitaine frappa sur sa selle et releva sa visière pour mieux la regarder, plissant les yeux. Bien que Linda soit grande pour son âge, du haut d'un cheval, elle paraissait fragile et insignifiante. Pourtant, son corps gracile exprimait une dignité impassible et fière qui ne pouvait émaner que d'une personne de haut rang. Et peut-être cette attitude si altière força l'homme à lui prêter attention. Une fois encore, il tapa sur le pommeau de sa selle et, avec un sourire sombre et fourbe, il tourna son regard vers Linda :

— C'est nous, les Mongauls, qui avons causé la ruine de votre royaume, princesse de Paroh ! lança-t-il de sa voix rustique, ses yeux plissés par le rire. Et c'est moi qui vous ai capturés, vous et le prince héritier, et pour cela, je vais certainement être récompensé par le Lion noir. Mais si je ramène cet homme – ce monstre –, mon seigneur sera doublement heureux. Je n'ai jamais entendu parler d'un guerrier comme lui, pas une rumeur à son sujet, voilà qui est bizarre ! S'il est aussi fort qu'il en a l'air, ce sera un véritable trésor pour mon maître. Et regardez-moi cette face ! Une créature du démon Doal sans doute, mais peu importe, le seigneur du donjon saura quoi faire de lui ! Ce qui m'intéresse le plus toutefois, ce sont ces vêtements qu'il porte. Ils viennent des hommes de la patrouille. Comment se les est-il procurés ? Bon, assez parlé, c'est mon devoir de vous ramener tous les trois au donjon, sains et saufs. Jetez vos épées, et montez sur un de nos chevaux ou marchez derrière attachés à une corde, c'est comme vous le voulez !

Mais Linda bouillait de colère :

— Vous traîneriez les jumeaux de Paroh derrière vos chevaux, comme de vulgaires esclaves !

Rémus posa nerveusement la main sur le bras de sa sœur, et au même instant l'homme-léopard entoura de ses bras les épaules des deux enfants.

— Très bien, articula Guin lentement, détachant chaque mot, afin que les cavaliers comprennent le sens de ses paroles. Nous allons jeter nos épées et aller avec vous au donjon. Alors, traitez ces enfants avec le respect qui leur est dû.

Sur ce, avec un geste d'une dignité surprenante, il détacha son épée de sa ceinture, et la jeta dans son fourreau sur les cendres.

Le capitaine lança un ordre d'une voix tranchante, et aussitôt quelques cavaliers descendirent de leurs montures et s'approchèrent des captifs. Ils étaient extrêmement nerveux ;

se croisant les doigts à la manière de Gohra pour éviter le mauvais sort, ils ramassèrent au plus vite les épées. Puis, ils installèrent les trois compagnons sur les chevaux, leur attachant fermement les poignets à la selle par des liens de cuir. Linda et Rémus se tenaient ensemble sur une monture. Guin était seul sur une autre, flanqué de chaque côté par un imposant guerrier mongaul, les trois chevaux reliés l'un à l'autre par une lanière de cuir.

— Guin ? murmura Linda d'une toute petite voix. (Les soldats avaient fini de les ligoter et fait faire demi-tour aux chevaux qui déjà foulaient la cendre sur le chemin du donjon.) Guin, si ce n'était pas à cause de nous, vous ne seriez pas là maintenant. Nous vous devons des excuses.

— Vous ne me devez rien ! rétorqua Guin. (Cette réponse stoïque semblait en parfaite harmonie avec le masque de léopard.) Cela n'a aucune importance. C'est moi qui ai tué leurs camarades. Je suis leur ennemi, que je sois avec vous ou pas.

Il jeta un coup d'œil aux deux cavaliers silencieux qui chevauchaient de chaque côté de lui, avant de reprendre :

— Je veux que vous m'enseigniez quelque chose. Peut-être l'ai-je su avant, mais toutes mes connaissances m'ont quitté. Qu'est-ce que Gohra ? Quelle sorte de pays est-ce ? Où se situe-t–il ? Est-ce un état puissant ou faible ? Et pourquoi Gohra a-t-il attaqué et conquis vos terres ?

— Gohra est un riche et puissant royaume qui s'étend jusqu'à la moitié sud des Terres Intérieures. Jadis situé sur les Marches, il ne pouvait s'agrandir que de la manière la plus dure, c'est-à-dire en défrichant chaque petit bout de terre. De plus, comme il était le seul des Trois Royaumes à avoir une frontière sur les Marches, il endurait constamment les assauts des barbares et des esprits. C'est pourquoi ses soldats ont acquis force et témérité. En fait, Gohra est plus une alliance qu'un royaume puisqu'il comprend trois duchés : celui de Yulania de l'archiduc Olu Ghan ; celui de Kum de l'archiduc Tario, et celui des Mongauls de l'archiduc Vlad. Tous les trois se sont toujours mis des bâtons dans les roues et maintes fois se sont livré bataille, or depuis un certain temps ils ont conclu une sorte de trêve pour gouverner le royaume ensemble, sachant que, s'ils ne le faisaient pas, ils allaient à leur perte. Ils ont un souverain commun, l'empereur Sohl, qui était le dernier descendant de la lignée royale de Linda, mais même un enfant de trois ans sait qu'il n'est qu'une marionnette à la solde des archiducs. Paroh était un royaume paisible, le plus riche et le plus beau des Terres Intérieures. Riche de par son commerce, de par sa longue histoire et sa glorieuse culture, on l'appelait la Perle ou la Fleur des Terres Intérieures. C'était un des Trois Royaumes, avec le nouveau territoire sauvage de Gohra et le mystérieux Kéronia au nord. Les routes de Paroh reliaient toutes les villes, elles avaient même civilisé une partie des Marches. Durant les années d'or de la IIIe dynastie, on avait construit la Grande Route Rouge pour protéger les voyageurs…

Ici, Rémus continua l'histoire à la place de sa sœur :

— Gohra, il y a déjà longtemps, cessa de défricher de nouvelles terres dans les Marches et commença à planifier l'invasion des royaumes voisins plus riches que lui dans les Terres Intérieures. A ce sujet, le ministre Lunan nous a dit que les trois archiducs n'étaient pas d'accord entre eux et avaient beaucoup discuté. Mais finalement, l'archiduc mongaul Vlad rassembla une armée et marcha sur Paroh. Une armée composée des courageux vétérans de la patrouille des Marches et de mercenaires barbares. Contre eux, Paroh...

Linda reprit, la voix tremblante :

— Nous étions tellement habitués à la paix que nous n'avons même pas vu venir cette attaque. Les Mongauls ont pris les forts sur les routes de Paroh, l'un après l'autre, mais le gros de leur armée arriva tout à coup de Kéronia, passa la frontière et attaqua par l'arrière notre capitale, tuant tous les membres de la famille royale.

— Sauf nous deux... n'est-ce pas, Linda ?

— Sauf nous deux. Je ne peux pas comprendre. Kéronia et Paroh avaient toujours été amis. Nous avions signé des traités et pendant des siècles nous avons préservé la paix. C'est pour cela que le nord de Paroh était si mal défendu. La stratégie de l'archiduc mongaul avait beau être habile, il n'aurait pas pu nous envahir par le nord sans la coopération de Kéronia, ou du moins son accord tacite. L'empereur de Kéronia a vendu son âme à ces démons de Mongauls.

Guin écoutait attentivement et, curieux, demanda :

— Et ainsi la ville est tombée, mais comment êtes-vous arrivés jusqu'ici dans les Marches ?

Rémus allait répondre, lorsque sa sœur l'arrêta d'un « chut ! » impératif. Puis, avec une expression étrange, elle regarda les cavaliers noirs en formation serrée autour d'eux et, d'une voix presque inaudible, murmura : « Des choses encore plus singulières sont arrivées à la famille royale de Paroh. »

Depuis le début de cette conversation, ils avaient quitté la forêt de Rood, parcouru celle de Thalos et arrivaient maintenant à un endroit où les branches s'ouvraient au-dessus d'eux sur le donjon de Stafolos.

La forêt alentour s'étendait, vague après vague, entrecoupée de temps à autre par une clairière herbue. Le chemin grimpait lentement, révélant un murmure qui s'amplifiait : une rivière. A l'horizon, au-dessus de la forêt, des montagnes s'élevaient : une chaîne de pics sinistres noyée dans un ciel d'encre.

Dans les Marches, ils étaient maintenant arrivés jusqu'aux hauts plateaux qui offraient une immense vue sur les terres. Au-delà de la rivière, il n'y avait plus d'épaisses forêts, plus de végétation sur le sol, mais à perte de vue une immense étendue sauvage couverte de pierres – le domaine de la tribu barbare des Sem. La forêt cache de grands dangers, mais que dire de ce désert de pierres bien plus redoutable encore ?

Sur son cheval, Linda frémissait au souvenir d'histoires qu'elle avait entendues en des temps paisibles au Palais de Cristal, des histoires sur les terribles barbares qui habitaient ces étendues désolées. Mais à supposer qu'elle ait voulu s'échapper, la seule solution était de traverser le formidable torrent que formaient les eaux noires du Kes et d'entrer dans cette contrée sauvage. En ce monde aujourd'hui, il y avait si peu d'endroits où un homme pouvait vivre en paix.

A tout choisir, elle préférait encore la forêt de Rood et les hommes de Gohra au fleuve Kes et aux landes de Nociphère. Linda fit un rapide signe pour se protéger des démons, et soupira en regardant la structure qui se dressait au-dessus d'elle.

C'était un imposant édifice de pierre, une véritable forteresse des Marches. Sur les blocs de pierre qui formaient le rempart extérieur, d'innombrables meurtrières veillaient; maintes fois, elles avaient contenu les attaques des Sem. Plusieurs tours s'élevaient à l'intérieur des murs, créant un ensemble complexe mais d'une belle symétrie. Au sommet de chacune d'elles, flottait l'oriflamme du Lion noir de Gohra à côté de celui de l'archiduc des Mongauls.

Le donjon se trouvait au bout d'un chemin qui grimpait en longs lacets à travers la sombre forêt. Sur la pente derrière les murs, on avait abattu les arbres pour avoir une vue dégagée jusqu'au fond de la vallée, où coulait le tumultueux Kes. On ne pouvait rêver d'endroit plus stratégique pour cette forteresse.

Se détachant sur la masse sombre de la forêt et à l'arrière-plan la lointaine ligne violette des montagnes, le donjon enveloppé dans un silence glacial exprimait toute l'âpreté des Marches.

Comme ils se rapprochaient et que la forteresse se dressait devant eux de plus en plus impressionnante, un lourd silence s'abattit sur les cavaliers noirs et leurs prisonniers. Ils menaient leurs chevaux d'un pas lent, osant à peine respirer. Tout à coup, un serpent noir traversa le chemin devant eux et, au sommet d'un arbre, un oiseau sinistre s'envola dans un cri qui ressemblait étrangement à celui d'un humain... mais personne ne sembla y prêter attention.

Le chemin enfin s'arrêta devant la gigantesque muraille de pierre, qui mettait fin aussi à tout espoir de fuite. Le capitaine s'avança :

— Ouvrez les portes !

Des yeux apparurent derrière une meurtrière, puis avec un long grincement la porte s'ouvrit.

Les chevaux noirs et leurs cavaliers s'engagèrent sous l'arche de la porte quand...

— Non! Nous ne franchirons pas cette porte! s'écria Linda.

— Linda!

Rémus, surpris, passa ses bras autour des épaules de sa sœur dans un geste d'apaisement, mais elle l'ignora. Ses yeux violets agrandis par l'angoisse étaient fixés sur la muraille de pierre qui se dressait au-dessus d'elle.

— Silence! Qu'est-ce que ce tumulte? aboya le capitaine, ramenant au trot son cheval vers la queue de la file.

La jeune fille secouait la tête, le regard toujours fixé sur le donjon.

— L'air tourbillonne des miasmes d'une terrible maladie. Ça sent le moisi, l'odeur de pourri du royaume de Doal. Vous ne sentez donc pas? Vous ne voyez pas que le donjon est damné. Non, je ne passerai pas cette porte! Je ne veux pas être souillée par cette maladie.

Un frisson visible parcourut la file des soldats. Habités par la superstition jusqu'au plus profond d'eux-mêmes, ils ne pouvaient chasser le malaise qu'avaient provoqué la disparition de leurs camarades et l'inexplicable incendie de la forêt de Rood, et même les plus téméraires d'entre eux sentaient que la rencontre avec cette créature à tête de léopard n'était pas de bon augure. Ils n'étaient pas sans savoir que la famille royale de Paroh avait été la première à vouer un culte au dieu Janos, et qu'elle avait donné naissance aux plus grands prophètes et à des sages révérés. Et c'étaient eux les responsables de sa ruine, eux qui l'avaient passée au fil de l'épée!

Un murmure s'éleva dans leurs rangs : « C'est un sortilège

de la famille royale ! Nous sommes damnés ! » Ils faisaient rapidement le signe de Janos sur leur poitrine recouverte de l'armure et n'avançaient plus. Engagés dans le passage entre le vaste mur d'enceinte et la porte commandant l'entrée du donjon, les chevaux attendaient.

— Eh ! Hein... Qu'est-ce que vous marmonnez ?

Le capitaine crachait sa colère, remontant la compagnie, cravachant au passage la croupe des chevaux.

— Allez ! Avancez ! N'est-ce pas là le donjon que nous avons à peine quitté ce matin au lever du jour ! Les Marches et leurs dangers sont proches, mais à l'intérieur du donjon, c'est notre territoire, celui des Mongauls, nous y sommes en sécurité ! Aucune créature du démon ne peut passer ces murs ! Si quelque chose de fâcheux arrive, ce sera parce que les jumeaux de Paroh nous ont jeté un sort ! Allez, en avant ! Notre Seigneur attend.

Les cavaliers se regardèrent, puis très lentement firent avancer leurs chevaux.

Guin observait avec curiosité ses jeunes compagnons. Linda était retombée dans le silence, dans un silence trop grave. Elle tenait fermement la main de Rémus et, le menton enfoui dans le col de son pourpoint de cuir, elle suivait les cavaliers noirs. Seuls ses yeux, derrière le rideau de ses cheveux d'argent lui couvrant la moitié du visage, brillaient d'un intense éclat violet, mais bientôt ses cils s'abaissèrent, obscurcissant cette lumière.

Finalement, la troupe entra dans le donjon de Stafolos.

2

— Linda? chuchota Rémus, regardant d'un air apeuré autour de lui. Ils vont nous tuer?

— Comment veux-tu que je le sache? répondit rudement Linda, mais regrettant sur-le-champ ce mouvement d'humeur, elle ajouta : Peut-être, mais avant qu'ils nous tuent, ils nous enverront à la capitale mongaule, où nous serons jugés par l'archiduc en personne. Montre du courage, Rémus, redresse-toi! Soyons dignes, nous sommes les derniers héritiers de la famille royale de Paroh.

Au-dessus d'eux, la voûte était immense, faite d'une pierre jaune et froide. Les minuscules lucarnes étaient placées si haut dans les murs que la lumière filtrait à peine dans le donjon, même en plein après-midi. Une obscurité lugubre leur tomba sur les épaules, glaçant leur peau. Linda, fronçant les narines, déclara :

— Ça sent le moisi! (Elle était descendue de cheval, et les cavaliers la poussaient dans le long couloir. Elle ajouta :)

Ça sent les créatures de l'enfer ! Vivre dans une forteresse des Marches, ah ça, non ! Jamais !

Guin à côté acquiescça d'un long rugissement.

Le soldat en noir qui marchait le plus près d'elle lui répondit :

— Et nous alors, vous pensez que nous sommes entrés dans la patrouille des Marches par plaisir ! Ce n'est pas rien, je vous le dis, ces trois années ! Cela déstabiliserait un jeune mongaul des plus endurcis ! On dit que parti enfant dans les Marches, on en revient un homme ! Mais il y a plus d'un donjon dans les Marches ; un garçon avec un peu d'argent dans sa manche peut s'acheter un poste au donjon de Talpho, à seulement une journée et demie de marche de la cité de Trace, ou peut-être dans le fort Eihem sur la Grande Route Rouge. Là, il passera ses jours à contrôler les cargaisons des marchands et à toucher du bakchich. Par contre, un malchanceux comme moi sera envoyé ici à Stafolos ou à Alvon, où les esprits et ces barbares de Sem sont toujours prêts à vous attaquer !

— Tiens ta langue si tu ne veux pas la perdre !

Un grand coup de fouet s'abattit sur l'épaule du soldat. Le capitaine avait soudain surgi à leur côté. L'homme se tut et s'appliqua à reprendre le pas avec les autres cavaliers, qui continuaient de progresser dans le couloir de pierre.

Le corridor était long, si long, que Linda et ses compagnons pensaient qu'il n'en finirait jamais. Il était sombre et glacial ; leurs pas et leurs paroles résonnaient de façon décuplée et sinistre. Dans les murs, sur les deux côtés, étaient sculptées des statues de dieux, aux formes et aux visages si usés qu'on les imaginait remonter au début des temps. L'intervalle entre chaque image cachait peut-être une porte secrète.

Linda pensa : « Je ne voudrais pas passer la nuit dans ce couloir, ce serait peut-être pire que les buissons de vanja dans la forêt de Rood ! », et elle s'entoura les épaules de ses bras pour arrêter les frissons qui lui secouaient le corps.

Arrivés à un coin, ils tournèrent, montèrent un escalier de pierre et tournèrent encore une fois. Le silence était si pesant que Linda pensait que le château était inhabité, mais au détour d'un autre angle, ils se retrouvèrent dans une vaste salle partagée à intervalles réguliers par des enfilades de colonnes de pierre entre lesquelles s'affairaient des hommes et des femmes, sans doute des serviteurs. Ils se frayèrent un chemin parmi eux, coupant à travers la salle, pour arriver à un dais qui occupait tout le mur du fond.

De minces colonnes de pierre délimitaient cet espace du reste de la pièce. Derrière elles, on apercevait une table massive et plusieurs chaises. Toutefois, celles-ci n'étaient pas disposées l'une en face de l'autre comme pour inviter des amis à s'asseoir pour une conversation, elles étaient toutes alignées le dossier contre le mur, la haute table devant elles, sur laquelle trônaient une carafe de vin, un verre et un plat de pierre. On se sentait comme dans un tribunal. Tout était en pierre, la table et les chaises aussi. D'épaisses fourrures étaient jetées sur les dossiers et, confortablement installé dans la chaise centrale, un homme imposant attirait le regard.

— Nous sommes de retour, Votre Excellence ! annonça le capitaine, arrêtant sa compagnie à quelques pas devant le dais.

Il ôta son casque à plume qu'il cala sous son bras gauche, avant de continuer :

— Je vous ramène ces trois personnages que j'ai capturés dans la forêt de Rood.

— Je vois, ces deux-là sont les jumeaux de Paroh, répondit, d'une voix grave et mesurée, l'homme assis sur la chaise. Mais à leur côté, qu'est-ce que cette forme grotesque ?

Le capitaine, le casque sur la poitrine, raconta comment dans la forêt de Rood, détruite par l'incendie, ils étaient tombés sur ce géant à tête de léopard. Linda, pendant ce temps, observait à la dérobée l'homme devant eux.

Dans la longue ligne de chaises derrière la table, il était assis sur la plus haute, comme sur un trône, et des deux côtés, en parfaite symétrie, les chaises allaient en décroissant, de celle au plus haut dossier à celle au plus petit. On aurait pu penser qu'elles étaient ici pour accueillir à table la famille du seigneur, ou ses fidèles conseillers pour une réunion formelle, mais pour l'instant elles étaient vides. Sur leurs dossiers, pendaient les fourrures, attendant leurs occupants. Linda ne quittait pas l'homme des yeux qui, les coudes reposant sur la table, n'avait pour seule compagnie que ces chaises vides. Il était grand, mais son âge et son visage restaient un mystère, car comme les cavaliers qui se tenaient devant lui, il était tout de noir vêtu : armure, bottes, gants, longue cape et casque clos sur le visage. Seules les armoiries d'argent qui brillaient sur le plastron de son armure le distinguait des soldats.

Le plus surprenant, c'était que chez lui on ne voyait ni la bouche, ni le menton, car il avait un masque en tissu noir fixé à la partie inférieure de son casque. En fait, pas un seul centimètre de sa peau n'était en contact avec l'air. Linda pensa qu'il devait avoir atteint l'âge mûr, d'après sa voix profonde et son ton grave. Cependant, rien ne transparaissait de ses traits ou de son origine.

— Voilà, mon Seigneur, je vous ai ramené cette créature. Vous en ferez ce que bon vous semble.

Pendant que Linda continuait d'observer, fascinée, l'homme en noir, le capitaine en avait fini avec son rapport et, s'inclinant respectueusement, reculait de trois pas. Il attendait des ordres, mais aucun mot ne sortit de la bouche du maître du donjon.

Une des mains gantées de noir glissa sur la table, saisit le gobelet de pierre. Les yeux agrandis par la curiosité, Linda le regardait, s'attendant à ce qu'il ôte son masque, mais il sembla réfléchir et reposa le gobelet, avant de donner un grand coup sur la table.

— Je n'ai jamais vu une créature pareille ! prononça-t-il enfin. Troisième capitaine, cet homme-léopard porte l'armure de la patrouille de Stafolos. Pourquoi ?

— Il l'aura prise aux hommes du cinquième escadron.

— Je vois.

Il tapotait nerveusement la table de pierre.

— Bon, enlevez-lui cette armure et ce masque, qu'on voit si on a affaire à un dieu mi-homme, mi-animal, ou simplement à un homme déguisé en léopard. Arrachez-le-lui s'il le faut !

— Bien, mon Seigneur.

Linda redouta tout à coup que Guin n'oublie qu'il était cerné de toutes parts et déchaîne sa furie. Mais il se contrôla et fit seulement entendre un sourd feulement quand les

Je préférerais me mordre la langue plutôt que de vivre dans l'humiliation.

— Petite fille, tu es née reine ! déclara le comte Noir, avec une certaine admiration.

Linda secoua sa longue chevelure platine et, défiante, releva son joli menton.

— Je serai la princesse de Paroh jusqu'à mon dernier souffle sur le chevalet de torture, la vraie héritière du trône, la fille du noble et fier Aldross III, Linda « la Prophétesse » ! Et Rémus est le prince héritier, le dernier de la lignée, le légitime et unique héritier depuis que notre père est mort sous la lance des Mongauls.

La jeune fille avait parlé avec dureté, puis se retournant vers son frère décontenancé, cherchant son appui, elle le poussa devant elle, irritée.

— Oui... bien sûr, répondit Rémus, essayant de se montrer digne.

La ligne de son menton, bien plus douce que celle de sa sœur, tremblait légèrement.

— On dirait que des deux perles de Paroh, l'une est enveloppée d'une coquille plus fragile que l'autre, prononça le comte au milieu d'un rire. Il me serait facile de forcer les secrets de Paroh dans une si faible coquille ! Ah, ah !... Mais cela m'intéresse fort peu, sans doute est-ce dû à ma maladie, qui m'a rendu pervers. Ce serait pauvre victoire comparé au plaisir que je vais éprouver à violer le secret gardé par l'orgueilleuse coquille ! Il y a des choses dans ce monde que même toi tu ne saurais endurer, n'est-ce pas ce que j'étais en train de te dire tout à l'heure ?

Le comte commença lentement à descendre du dais de

pierre, en traînant la jambe, comme s'il avait été blessé au genou.

— Pense à ce corps, suant le pus dans les bandages sous l'armure, ce corps que la maladie a transformé en un amas de pourriture vivante ; imagine-le allongé sur le tien dans mon lit, le caressant, et mes lèvres putréfiées embrassant les tiennes. Que ressentirais-tu si je t'attrapais par le bras et serrais contre ta douce peau cet horrible corps dégoulinant d'humeurs ?

Linda recula, ne pouvant couvrir sa bouche de sa gracile main assez vite pour étouffer un cri strident.

— Le feu, le fer chauffé à blanc ou le fouet, je le sais, ne viendront pas à bout d'une âme trempée comme la tienne, petite princesse des Terres Intérieures ! Mais ce cœur si pur pourra-t-il résister à l'assaut de cette abominable chair ou à l'écoulement infectieux de ses humeurs ? Si tu étais attachée sur ma couche, tu crois vraiment que tu pourrais t'empêcher de hurler les plus profonds secrets de Paroh ?

Le comte fit mine de s'approcher de Linda, étendant lentement la main, et avant même qu'il ait fait un pas, elle se recroquevilla sur elle-même, fermant les yeux derrière ses longs cheveux et couvrant son visage des deux mains.

— Arrêtez ! Arrêtez ! Arrêtez ! cria-t-elle.

Le comte contempla la peau de Linda, maintenant aussi blanche que le papier, et d'un rire tranquille résonnant d'un noir dessein :

— Voilà, maintenant tu sais que dans ce monde il y a des choses contre lesquelles même toi ne peux résister ! Les enfants ne devraient pas parler avec tant d'assurance de choses qu'ils ne comprennent pas. Ta bouche ne sera pas longue à me livrer les secrets de Paroh. Je ne ferai pas de feu pour signaler à la capitale votre capture avant que je ne les aie obtenus. Je veux être le premier à entendre vos secrets, et croyez-moi, je le serai. Je veux savoir ce qu'il est advenu de ce trésor. Mais comme vous le voyez, je suis un être affaibli qui passe le plus clair de son temps dans la tour noire spécialement construite pour moi car ce mal qui me ronge ne supporte ni l'air, ni la lumière, ni les sons. Et mes soldats, eux, ne supporteraient certainement pas que je me promène dans le donjon, ils trouveraient cela répugnant ! Je n'y descends qu'un court laps de temps chaque jour et aujourd'hui ce temps est déjà écoulé. Troisième capitaine ?

— Oui, Seigneur.

— Menez-moi ces trois-là à la tour et enfermez-les, pas dans ma tour noire, mais dans les cachots de la tour blanche. N'oubliez pas de leur donner à manger et à boire. Et surtout, faites qu'ils soient bien gardés. Ils sont sous votre responsabilité. Quant à cet homme-léopard, sachez qu'il représente autant d'intérêt pour vous que pour moi.

— Entendu, Seigneur.

— J'ai beaucoup de questions à lui poser : Qui est-il ? D'où vient-il ? Pourquoi cette apparence ? Si ses muscles sont aussi puissants qu'ils en ont l'air et s'allient à la sagesse du léopard auquel il ressemble par cette épouvantable tête, cet homme vaudra son pesant d'or pour le territoire mongaul. Vous n'êtes pas sans savoir que son Excellence l'archiduc Vlad a un plan pour enrôler plus de monde dans son armée qui consiste à organiser des tournois plusieurs fois par an dans différents endroits du territoire, avec de formidables prix accordés aux gagnants. Alors surtout, mon capitaine, n'allez pas tuer, blesser, ou affaiblir cet homme en le privant de nourriture. Un guerrier mi-homme, mi-bête, rendez-vous compte de la foule qu'il va attirer et de la renommée pour nous ! Il va falloir que je teste sa force pour voir si elle est aussi redoutable que son apparence...

Le comte Noir chancela, se retenant à la table. Les soldats s'agitèrent, mais aucun ne s'approcha pour aider cet homme qu'ils croyaient possédé. Il reprit son souffle, puis toussant, déclara :

— Je dois regagner ma tour. Emmenez-les et commencez les préparatifs. Et je vous le rappelle, ne les laissez pas s'enfuir, ne les tuez pas non plus. Ce soir, dans la salle du souterrain, j'irai voir comment cet homme se bat. Bon, c'est tout.

— Bien, Seigneur.

Le capitaine porta sa main à sa poitrine en signe de salut. Mais voilà que le comte trébuchait à nouveau, s'écroulant sur sa chaise. Il avait dû en même temps appuyer sur le bouton d'un mécanisme secret, car à peine avait-il touché la chaise que celle-ci, ainsi que le mur de pierre derrière elle, se mit à pivoter lentement, jusqu'à ce qu'il ne reste plus qu'un pan de mur nu. Linda pensa que si le comte avait disparu assis dans sa chaise, c'était certainement dans le but d'éviter que la maladie ne stagne aux alentours et ne se répande. Elle avait aussi remarqué que parmi les hommes aucun ne s'approchait de lui, et qu'il n'avait pas de serviteur attaché à sa personne. Voilà pourquoi, en arrivant, le donjon de Stafolos leur avait donné une telle impression de vide. Terrifiés par la maladie de leur maître, les occupants de la forteresse ne quittaient pas leurs quartiers, sauf quand leur devoir réclamait leur présence au donjon. Mais soudain, les pensées de Linda furent interrompues.

— Oh, une dernière chose...

Une voix résonna étrangement, comme venue du sol sur lequel ils se tenaient. La jeune fille se retourna, cherchant à savoir d'où elle provenait, tandis que les soldats, eux, restaient impassibles. Elle découvrit un tube astucieusement caché entre les dalles du sol, un tube à message!

— La princesse de Paroh me semble bien fatiguée. Donnez-lui une chambre pour elle toute seule dans la tour!

— Quoi! Vous ne pouvez pas me séparer de mon frère jumeau, voulut protester Linda, mais le tube à message était retombé dans le silence, et les soldats poussaient les trois compagnons.

— Linda! Nous allons être séparés! cria Rémus, se débattant sous l'étreinte du capitaine.

Soudain, Guin poussa un rugissement.

— Ça ne sert à rien! Arrête! Je ferai quelque chose plus tard. Pour l'heure, ils ne nous feront rien. Sois patient, endure cette séparation, et garde tes forces!

— Mais... nous n'avons jamais été séparés, pas une seule fois, depuis que nous sommes nés!

— Eh bien, il faut le supporter! répondit sèchement Guin.

A nouveau, ils furent emmenés dans l'interminable couloir de pierre, jusqu'à un escalier qui grimpait à la tour blanche. Linda et Rémus se laissaient entraîner, à chaque pas, de plus en plus anxieux.

Les pierres de la tour blanche étaient pénétrées de cette même humidité glaciale que le corridor. Ils sortirent un instant à l'air libre, avant de se retrouver à l'intérieur, au bas d'un escalier en spirale, si étroit qu'ils ne purent s'y engager que deux par deux. Ils grimpèrent longtemps ses marches, arrivant enfin à un palier. Le capitaine émit un ordre, selon lequel la porte de la cellule de Rémus et de Guin ne devait pas être fermée à clé.

Un gardien apparut portant un turban, le dos si courbé que Linda se demanda si ce n'était pas un bossu. Deux portes de pierre s'alignaient côte à côte. Il ouvrit la plus proche des deux. Guin se baissa pour entrer dans la pièce obscure, mais Rémus s'était tourné vers sa sœur, avançant une main suppliante. Les gardes le poussèrent sans ménagement à l'intérieur, refermant la lourde porte qui séparait pour la première fois les deux jumeaux.

Le capitaine donna l'ordre aux geôliers d'assurer la garde à tour de rôle, et d'enfermer Linda dans la chambre du fond.

— Je ne pense pas que ce soit une bonne idée ! rétorqua l'un d'eux. Il y a deux jours, son Excellence le comte a fait enfermer là-dedans un jeune démon, en attendant son exécution.

— Il est toujours là ? demanda le capitaine, embarrassé. Et les autres cachots ?

Le gardien, montrant ses dents sales, sourit :

— Si la demoiselle a besoin d'intimité, la petite chambre en haut de la tour sera parfaite.

— La chambre du sommet ?

Le capitaine hésita, puis, approuvant l'idée, fit signe à Linda de monter l'escalier. L'attitude perplexe du capitaine et le ricanement du gardien plongèrent celle-ci dans la pire angoisse, cependant elle n'avait pas l'intention de leur montrer sa faiblesse. Avant que le capitaine n'ait la chance de la pousser par-derrière, elle redressa la tête et s'engagea dans l'escalier vertigineux dont les marches rétrécissaient.

La porte de la petite chambre s'ouvrit. A l'intérieur, elle fut assaillie par le noir et une odeur de moisi. La porte se referma sur le claquement du verrou.

— Elle est forte, cette fille ! entendit-elle derrière.

Pour s'habituer à l'obscurité, Linda se força à fermer les yeux.

— Ouais ! Mais une nuit ici, et elle va commencer à pleurnicher et à supplier !

Les voix méprisantes fanfaronnaient, mélangées au bruit des pas qui dégringolaient l'escalier, avant de s'éteindre enfin. Linda se replia sur elle-même, les bras autour des épaules, puis ouvrit doucement les yeux.

Elle aspira profondément, avec bruit. Aussitôt, elle ressentit l'impression que le sang se retirait de son corps.

Dans le noir, quelque chose se terrait là, accroupi par terre et la regardait. Elle ne voyait que des yeux de serpent, juste au-dessus du sol, des yeux sauvages brûlant d'un vert incandescent.

3

Rémus s'habitua à la pénombre de la pièce glacée. La seule lumière provenait d'une minuscule lucarne tout en haut du mur.

Peu à peu, il remarquait les détails autour de lui : la disposition des lieux, les meubles de bric et de broc, une fourrure jetée sur une sorte de banc, une carafe d'eau sur une table basse. Il lui sembla que les geôliers n'avaient pas voulu leur rendre le séjour plus pénible qu'il ne le fallait.

— Guin ?

Rémus avait entendu le verrou se refermer avec fracas sur la porte de sa sœur, puis les pas des soldats s'éloigner dans l'escalier. Désemparé, il murmura :

— Guin, pourquoi ont-ils mis Linda dans une chambre toute seule ? Elle va bien, dis ?

Guin avait profité de sa stature hors du commun pour se hausser sur la pointe des pieds dans l'espoir de voir quelque chose par la lucarne. Mais il n'y avait pas grand-chose à voir, si ce n'est le paysage que formaient les sombres forêts des Marches et les landes sauvages s'étendant à perte de vue, bordées par la ligne violette des montagnes. Cette vue, que divisaient par le milieu les eaux lugubres du Kes, était si désolée qu'elle n'apportait aucun réconfort. Dans la forêt, une partie apparaissait plus claire; ce ne pouvait être que Rood qu'ils avaient brûlée la veille.

— Je ne sais pas, répondit franchement Guin, se détournant de la lucarne.

— Mais...

L'adolescent rongé par l'angoisse tordait ses mains graciles et regardait son compagnon avec intensité, cherchant son appui.

— Il ne sert à rien de t'inquiéter comme ça. Tu n'y changeras rien. Alors, arrête! grogna Guin de sa façon habituelle. Ta sœur est brave. Elle sait réagir à presque tous les dangers.

— Oui, mais ce scélérat de comte Noir... commença Rémus, s'interrompant brusquement.

— Qu'est-ce qu'il y a? interrogea Guin.

— Ce bruit, qu'est-ce que c'est?

— La ronde des gardes dehors.

— Non, ce n'est pas ça! (Rémus, alarmé, écoutait de toutes ses oreilles, puis il pointa le mur de gauche.) Ça vient de là. Tiens! A nouveau!

Guin jeta un œil, mais n'entendit rien de suspect dans la direction qu'indiquait le garçon. Il se retourna vers lui, incrédule, mais Rémus, les yeux ronds, essayait par tous les moyens de le convaincre; le guerrier pensa qu'il ressemblait ainsi à un de ces gentils et craintifs lièvres-torris.

— Ecoute ! On dirait comme quelque chose qui gratte le mur.

— Hum ! fut la seule réponse de Guin.

Mais voilà qu'il entendait le bruit lui aussi.

— Tu vois ! Qu'est-ce que c'est ?

— Des rats de Torq, peut-être ?

— Mais...

Guin avait déjà remarqué que, bien qu'on les appelât les deux perles de Paroh, il y avait une grande différence entre Rémus et sa sœur. Peut-être parce que celle-ci avait depuis toujours assumé le pouvoir et qu'il s'était habitué à la suivre ? Cependant, il était évident que Rémus était beaucoup plus timide, délicat et impressionnable. Pour le guerrier, il était comme un jeune oiseau qui n'a pas encore perdu sous les plumes tout son duvet blanc.

— Si ce ne sont pas des rats, ce sont de vulgaires souris, dit Guin en éclatant de rire.

Mais aussitôt, il s'immobilisa. Dans sa tête ronde, les yeux suspicieux se fixèrent sur le mur.

Le bruit faisait penser à des dents aiguisées qui rongeaient le mur. Cela s'arrêta pour faire place à un battement sourd, comme quelqu'un qui tapait de l'autre côté.

Les yeux de Guin guettaient, luisants, et il semblait ne pas s'être rendu compte que Rémus s'agrippait à lui.

— En effet, ce ne sont pas des rats de Torq, grogna-t-il si bas que Rémus entendit à peine. A moins que les rats géants des Marches ne possèdent maintenant une intelligence en rapport avec leur taille. Qu'ils rongent les murs de pierre, c'est un fait, mais qu'ils tapent pour passer un message de l'autre côté, ça ne s'est jamais vu !

— Guin, chuchota Rémus, peut-être qu'il y a un prisonnier à côté.

— Ah ! se contenta de répondre Guin.

Il n'eut pas besoin d'en dire plus. Au même moment, une partie de ce mur qu'ils ne quittaient pas des yeux céda, et une pierre se détacha et tomba dans leur cellule.

Guin leva le bras pour la rattraper au vol, il ne voulait surtout pas qu'elle roule sur le sol et attire l'attention du gardien qui se tenait devant leur porte. Puis, par le trou de quelques centimètres, où la pierre avait été délogée, ils entendirent un rire étouffé.

— Ah ! Ce n'est pas trop tôt ! (La voix était encore jeune et pleine d'un humour espiègle.) Nous allons enfin avoir une fenêtre de communication.

Rémus écarquilla les yeux, ébahi, et voulut dire quelque chose, mais Guin posa sa main sur son épaule et le plaqua contre le mur derrière l'ouverture, attendant sur ses gardes. Le comte Vannon aurait très bien pu leur tendre un piège.

Comme aucune réponse ne lui parvenait, la voix de l'autre côté du mur attendait, dans le doute.

— Hé ! là, de l'autre côté, qu'est-ce qui se passe ?

La voix se faisait impatiente.

— Il y a quelqu'un ? Tout à l'heure dans mon demi-sommeil, j'ai entendu les pas de la brigade qui grimpait l'escalier de la tour, et que je te fasse un de ces tintamarres avec les armures et les épées ! Puis, votre porte s'est ouverte et refermée. C'est même le verrou qui s'écrasait avec un grand bang qui m'a complètement réveillé. Hé? Répondez! Je sais qu'il y a un nouveau prisonnier dans cette cellule.

Guin et Rémus se regardèrent. Le guerrier restait sur ses gardes. La voix jeune et excitée dénotait peut-être un caractère irascible, mais elle n'était pas menaçante.

— Eh! Vous m'entendez! Avez-vous peur? Ou bien sortez-vous tout juste d'une des séances de torture de cette vermine puante, qui vous a laissé si faible que vous n'avez même plus la force d'ouvrir la bouche? Si c'est cela, ne répondez que par un gémissement. Ah, mais peut-être attendez-vous que je me présente? Bon, respectons les usages de la politesse. Tout le monde me connaît comme celui qui a tenu tête à ce sinistre maître du donjon, mon nom est Isht Van, Isht Van de Valakie. Je lui ai dit ses quatre vérités en face à ce sac à pus, mais pour cela j'ai perdu mon armure et on m'a jeté dans ce trou. Je venais juste d'entrer comme mercenaire dans l'armée mongaule à Trace quand ils m'ont envoyé ici dans ce cimetière! Et je ne sais pas qui vous êtes, mais je vous le dis, ce donjon de Stafolos n'est pas fait pour les vivants!

— Qu'est-ce que vous voulez dire?

Guin, qui malgré lui s'était laissé prendre à ce flot de paroles, avait parlé le plus clairement possible. Cependant, la voix de l'autre côté se fit méfiante.

— Ah! Enfin! Et quelle voix! Tu ne serais pas un de ces géants de Talûan, par hasard? Ou un barbare lagon, un de ces démons de Nociphère? Tu parles comme si ta bouche était pleine de la chair crue de tes ennemis. Ça m'est égal, continua-t-il sans attendre de réponse. En tout cas, tu n'as sûrement pas envie de rester ici. Que le maître du donjon soit un sac à pus, ça je pourrais encore l'endurer, mais cet endroit ! Depuis que j'ai douze ans, je suis mercenaire, et j'ai vu pas mal de pays et de guerres ; j'ai vécu dans de vraies porcheries, mais là ! Hé… je t'ai dit qui j'étais, à toi de te présenter maintenant et de me dire pour quelle raison tu as été jeté ici.

— Je m'appelle Guin. (Le guerrier faisait un énorme effort de prononciation.) J'ai été capturé par une patrouille de cavaliers noirs dans la forêt de Rood, et maintenant on dirait que le comte Noir veut m'envoyer à Trace pour être son champion dans les tournois.

— Ah, ah ! Il a peut-être raison. (Le ton d'Isht Van redevenait un peu plus amical.) Cette vieille charogne ne pense qu'à faire fortune en pariant sur les esclaves qu'elle rassemble de partout. Ta position n'est guère différente de la nôtre, mercenaires. Mais tu n'as tout de même pas offert ton épée à l'archiduc Vlad !

— Mon épée, elle n'appartient qu'à moi.

— Bon, alors je vais te dire quelque chose, un secret… Je vais bientôt déguerpir de ce maudit donjon. Et toi, si tu as de la jugeote, suis-moi. Sinon, tu peux me croire, les pierres de ce donjon vont te tomber sur la tête, l'une après l'autre !

— Qu'est-ce que tu veux dire ? demanda Guin, en posant la main sur l'épaule de Rémus pour le calmer, tout en lui faisant signe de s'asseoir à côté de lui derrière le mur.

Il se tira une chaise où il s'assit en tailleur.

— Ce donjon est maudit, voilà pourquoi, continua le mercenaire, presque joyeux. Depuis mes quatre ans, je vis de prises de guerre, et à douze, en escamotant une armure, je suis devenu un homme, un mercenaire à part entière. C'est pour ça que quand je dis que j'ai un instinct de survie développé jusqu'à la limite du surnaturel, je ne plaisante pas. On m'appelle l'« Epée magique », car sur n'importe quel champ de bataille, dans n'importe quelle situation périlleuse, je m'en suis toujours sorti. Comme par magie ! Et quand je te dis qu'il y a un démon qui hante ce donjon, tu ferais bien de me croire. A l'instant où nous parlons, des nuages de mauvais augure courent déjà sur la forteresse. Le mal semble venir de celui-là enroulé dans ses bandelettes, mais peut-être qu'il ne représente qu'une infime partie d'une calamité à venir bien plus grande encore. Bon, peu importe, Guin, l'endroit est damné. J'ai entendu l'histoire chuchotée dans la salle des mercenaires. Aucun soldat d'ici ne sait ce qui se passe dans la tour noire, même ceux de la garde rapprochée qui n'y mettent pas les pieds. Qu'est-ce qui s'y passe ? Personne ne le sait, mais il s'y passe quelque chose… quelque chose que je n'ai pas vraiment envie de voir.

— Tu as des preuves ? demanda Guin, curieux.

— Qu'il se passe quelque chose, oui… Et ces preuves viennent de la garde rapprochée du comte, répondit Isht Van, l'Epée magique. Ça c'est passé juste avant que je rejoigne mon unité. Trois parmi les plus jeunes de la garde rapprochée ont disparu, l'un après l'autre, tous les trois ayant été vus pour la dernière fois près de l'entrée de la tour noire. Ensuite, des chevaux, des servants ont également disparu, dont le vieux majordome, celui-là même qui a suivi le comte Vannon dans son exil vers les Marches et l'a toujours servi fidèlement. Et c'est suite à ce dernier événement que les cavaliers noirs ont commencé de sortir pour des missions secrètes, par petits groupes, l'un après l'autre. On les a vus partir à l'aube et ne revenir qu'à la nuit tombante, entourant deux ou trois personnes à cheval enveloppées dans des capes. Mais à partir de là, plus personne dans la forteresse n'a manqué à l'appel, et les rumeurs bien sûr sont allées bon train, quant à savoir pourquoi...

Guin restait silencieux.

— Tu sais, j'ai entendu dire... par un sorcier de Trace, si je me souviens bien, que contre cette calamité de peste noire, il n'y a qu'une chose efficace, la chair et le sang frais humains.

Il s'arrêta et Guin ne répondit toujours pas.

— Je suis peut-être Isht Van « le Mercenaire rouge », mais mon sens surnaturel du danger ne me vient pas d'avoir vendu mon âme au diable, comme la rumeur le prétend. Simplement, je vois des choses que les autres ne voient pas, ou ne veulent pas voir ; des choses qui semblent ne pas avoir de rapport entre elles, mais dans lesquelles moi je lis un tout. C'est ainsi que je sais que le donjon n'en a pas plus pour longtemps... Aux alentours les familles de colons et de chasseurs ont payé de leur vie, or comme il n'y a plus personne à sacrifier parmi eux, l'autre nuit les cavaliers noirs sont sortis pour une de leurs missions secrètes et en sont revenus avec cinq ou six personnes – si tant est qu'on puisse leur donner le nom de personnes, vu qu'elles mesurent à peine un mètre. Quand l'une est tombée du cheval sur lequel elle était attachée, on l'a entendue crier : « Alphetto ! Alphetto ! »

— Alphetto ?

— Alphetto ! C'est le nom du dieu des barbares, murmura Rémus, le dieu des Sem, ceux qui vivent dans les landes sauvages de Nociphère.

— O Mos, dieu des Plaines ! invoqua Isht Van. Tu n'es pas seul ? Dépêche-toi de me répondre !

— Chuuutt… ! (Guin fit claquer sa langue.) Je ne vais pas tout te raconter, disons que j'ai été emprisonné ici avec un enfant, et il y en a un autre avec nous, une fille qui nous a quittés à cette porte, emmenée ailleurs. Isht Van, toi, tu peux t'enfuir, mais moi je dois d'abord sauver cette enfant !

— Une fille ? Elle était seule quand on l'a emmenée ?

— Oui, on l'a conduite à une chambre pour elle seule.

— Ah ! Elle est en grand danger.

— Pourquoi ? demanda Rémus, au comble de la panique.

Soudain, un coup violent retentit sur la porte de pierre, le bois d'une lance sans doute.

— Silence là-dedans ! hurla le gardien.

Ils s'interrompirent, puis reprirent peu après, étouffant leurs voix :

— Vous savez ce que je pense ? (Isht Van n'avait pas l'air de se préoccuper de la mauvaise humeur du gardien.) Ils l'ont mise dans une chambre toute seule parce que sans doute ils ont l'intention de l'utiliser pour… enfin, vous voyez ce que je veux dire.

— Non ! (Rémus tremblait.) Non, je ne veux pas que ce maudit démon fasse couler le sang de ma sœur pour s'en repaître !

Guin posa sa main sur l'épaule du garçon pour le réconforter ; toutefois, la voix de l'autre côté restait sourde à sa détresse et continuait :

— Si c'est le cas, il faut que je me dépêche. J'ai encore moins de temps que je ne le pensais. Je l'avoue, cela me rend nerveux ! Quand j'ai compris que les Sem n'allaient pas tarder à venir au secours de leurs compagnons, et se venger par une attaque en masse et brutale du fort, j'ai pensé à un plan. Je me suis dit que si j'insultais ce monstre de façon à le mettre hors de lui, il me renverrait séance tenante à Trace, la capitale… car je ne suis pas un soldat régulier de l'armée du comte Vannon, je ne suis qu'un mercenaire, et le seul qui a autorité à me punir est le général Gudoh de Trace. Or, j'ai dû en faire un peu trop, ou bien, dès le début, ce scélérat n'avait pas l'intention de suivre le code militaire. Au lieu de me renvoyer à la capitale avec les premiers messagers en partance, il m'a jugé ici et jeté dans ce cachot. Il a sans doute dans l'idée de me saigner, tout en faisant croire à une exécution, hum, hum ! Cela ne m'inquiète guère, j'en ai vu d'autres ! Je suis Isht Van, l'Epée magique, né avec une pierre précieuse au creux de la main. La vieille prophétesse de mon village a prédit que je deviendrais un grand homme, tenant les rênes d'un royaume comme je tenais ce joyau dans ma main. C'est mon destin, et j'y crois. Je ne suis encore qu'un jeune et pauvre mercenaire, mais un jour je serai souverain. Sous le ciel, je gouvernerai toute chose, et ce n'est pas un vampire de la pire sorte comme celui-là qui va me barrer la route ! Pas plus tard que ce soir ou demain à l'aube, je ne serai plus là. Et vous deux…

— Nous avons, nous aussi, de bonnes raisons pour ne pas mourir ici, répondit Guin, comme du plus profond de ses pensées. (Il s'était allongé, collé à l'ouverture du mur, pour mieux se faire entendre.) Isht Van, vous qui dites avoir beaucoup voyagé, connaissez-vous un homme, ou peut-être un lieu, du nom de « Aurra » ?

Rémus se mordait la lèvre inférieure en observant Guin. Il le revoyait apparaître devant lui et sa sœur sous cette forme fantastique, un formidable guerrier, qui avait pourtant tout oublié sur lui-même, sauf son nom. Quelle étrange et mystérieuse rencontre ne pouvait s'empêcher de penser le garçon. Mais en même temps, il lui semblait que tous les trois se connaissaient depuis l'aube des temps et qu'ils avaient toujours voyagé ensemble.

— Aurra... Aurra... Ce n'est pas le nom d'un pays, ni celui d'un homme. Ce serait plutôt celui d'une femme.

Le mercenaire se distrayait, content de lui, mais tout à coup, il s'arrêta net, le souffle coupé.

— Par la vieille face de Janos ! hurla-t-il d'une voix où perçait l'épouvante. Par Janos à la double face ! Par la sagesse de la vieillesse et la force de la jeunesse ! A qui suis-je en train de parler derrière ce mur? Quel monstre est-ce cela?

Guin, emporté par la conversation, avait complètement oublié qu'il s'était approché et que sa tête de léopard était maintenant visible de l'autre côté, d'où les jurons d'Isht Van.

— Par les trois fourches et demie de la queue de Yarn, le dieu du Destin ! A qui ai-je l'honneur ! Serais-tu le dieu mi-homme, mi-bête, Cirénos en personne? Ou une goule mort-née des Marches? Serais-je tombé sur un monstre encore plus horrible que ceux que j'ai pourfendus lors de mes campagnes? J'étais mercenaire un temps dans Kanaris, la répugnante Capitale des Estropiés, c'est peu dire, et pourtant je n'ai jamais vu quelqu'un comme toi là-bas !

— Je suis...

Guin allait ouvrir la bouche pour s'expliquer quand soudain Isht Van murmura d'un ton alarmé :

— Tiens, les soldats montent l'escalier. L'heure du dîner ! Ils vont nous jeter un plat de viande grillée par le judas. On reparlera de toi plus tard. Dépêche-toi de remettre la pierre à sa place dans le mur. Mon plan si bien pensé s'en va à l'eau !

— D'accord, répondit Guin, ramassant la pierre pour en boucher l'ouverture, juste à temps.

Il était en train de se demander s'il allait on non s'asseoir sur le banc, lorsque les pas lourds arrivés au palier se divisèrent en deux groupes : les uns vers le fond du couloir tandis que les autres s'arrêtaient devant la porte de la cellule du mercenaire. Le guichet dans le haut de la porte claqua, une voix cria « Dîner ! », suivie d'une dégringolade de plats, mêlée au grincement métallique du verrou de la porte d'à côté. La porte de Guin et de Rémus s'ouvrit lentement, crissant sur ses gonds.

Des chevaliers noirs apparurent, chacun tenant une torche à la main. Cette lumière diffuse fit prendre conscience aux prisonniers que la nuit n'allait pas tarder. Comme la pièce avait toujours été dans la pénombre, ils n'avaient pas remarqué que le peu de lumière qui tombait de la lucarne fût d'un violet d'encre, cette couleur si caractéristique des Marches à cette heure du jour. La lumière des torches faisait danser sur les murs les silhouettes des cavaliers et des prisonniers. C'était l'heure lugubre qui vous glaçait le cœur, annonçant les démons de la nuit.

— Viens par ici ! aboya le capitaine.

Etait-ce bien le même qu'avant ? Avec sa visière de fer refermée sur son visage, on ne pouvait le dire. Il reprit sèchement :

— Notre Maître veut tester ta force et ton adresse au combat.

Deux hommes s'avancèrent, se saisissant de Guin.

— Guin ! cria Rémus, qui se relevait prêt à le suivre, aussitôt repoussé en arrière par le capitaine.

Derrière lui, le gardien entra et déposa sur la table basse de la viande grillée, une boulette de céréales et un pichet de vin de Gohra. C'était la portion d'un prisonnier.

— Je ne veux que l'homme-léopard, lança le capitaine, faisant signe de le faire sortir sur-le-champ.

Guin, à son habitude, adopta une attitude étrangement impassible ; encadré par les deux chevaliers, il se laissa entraîner hors de la pièce. On aurait dit qu'il avait deux faces diamétralement opposées : l'une exprimant le plus grand calme et l'autre l'action fulgurante. Il se révélait l'animal dont il portait le masque, capable d'attendre en silence pendant des heures sans bouger un muscle, puis, soudain, tel l'ouragan, déchaîner ses forces dans la bataille, avant de revenir l'instant d'après à son flegme habituel.

Il était donc sorti en silence parmi les soldats. La masse de la porte et le verrou claquèrent derrière eux avec fracas. Rémus se retrouva seul. Les hommes avaient laissé une torche plantée dans le mur, mais celle-ci, au lieu de rassurer le garçon, avait jeté la terreur dans son cœur, car maintenant tout un peuple de démons s'agitait sur les murs.

Guin était parti et sa sœur lui avait été arrachée pour la première fois de sa vie. Le jeune héritier de Paroh se recroquevilla sur le banc, sans même avoir le courage de tendre la main vers le repas qui l'attendait sur la table. La tour était retombée dans le silence, mais très vite, Rémus entendit à nouveau sur le mur le bruit de souris… puis vit la pierre bouger.

— Tire-la de ton côté, dit la voix du mercenaire.

Rémus se précipita et tira si fort vers lui, qu'il faillit basculer quand la pierre céda.

La petite fenêtre de communication était rouverte entre eux. Dans le halo de la torche, Rémus distingua d'abord deux yeux noirs et vifs, puis un visage jeune et tendu.

— Qu'est-ce qu'il y a, petit ? chuchota Isht Van, essuyant d'un revers de main la graisse de la viande rôtie qui lui restait sur les lèvres. Ils ont emmené l'homme-léopard, c'est ça ?

— Oui, répondit Rémus presque en pleurant. Le comte Noir veut le voir combattre pour tester sa force et son adresse.

— Oui, c'est ça. (Il semblait que rien ne puisse entamer l'optimisme du mercenaire rouge et que rien surtout ne lui fasse jamais peur. Il ajouta :) Bah, ils ne vont pas le tuer.

Il regarda par l'ouverture, observant Rémus avec curiosité.

— Hé, petit, tu fais une triste tête ! Allez, mange, ça te fera du bien. Tu sais, la bouffe n'est pas infectée par le virus de la peste noire ! dit-il en plaisantant pour lui redonner du courage, avant d'ajouter : Tes vêtements me disent que tu n'es pas un enfant de colons des Marches, je me trompe ? Pourquoi voyageais-tu avec ce monstre ? Pour quelle raison les cavaliers noirs t'ont ramené toi aussi au donjon quand ils vous ont capturés ? Cette créature… Par Doal le démon, qu'est-ce donc ? Je savais que les Marches étaient un nid d'ennemis de toutes sortes, mais comme lui… Hé, dis-moi, qui est-il ?

— Guin est quelqu'un de bien, répondit Rémus, regardant Isht Van avec méfiance par l'ouverture de la fenêtre.

Ce dernier continuait de l'interroger, sans se soucier du ton réprobateur du jeune garçon.

— Allez, mange ! Tu as besoin de forces. Si tu ne veux pas que le comte Noir te vide de ton sang, aide-moi ! J'ai retiré assez de pierres dans ce mur pour me faufiler hors de la tour, mais comment ensuite descendre jusqu'au Kes sans me casser le cou ? Hé, passe-moi les draps de ton lit par ce trou. Avec les miens seulement, la corde n'est pas assez longue. Je pourrais bien sûr en faire des lanières plus fines, mais alors elles ne supporteraient pas mon poids.

— Le fleuve Kes ? Tu vas descendre jusque-là, et après ? demanda Rémus, tout à son étonnement, mais il lui passa les draps.

Isht Van sourit :

— Je n'ai pas encore décidé ce que je ferai une fois en bas. Tout ce que je sais, c'est que le torrent noir du Kes coule juste sous ces fenêtres, et que c'est la seule façon de sortir de cette tour. Ce n'est pas ton problème. Toi, mange ta viande et ta boulette de céréales. La première chose que tu apprends quand tu deviens mercenaire, c'est que tu ne peux rien accomplir le ventre vide.

Rémus lui obéit, tout en jetant de temps en temps un coup d'œil de l'autre côté de l'ouverture. Le mercenaire rouge déchirait les draps en longues lanières de ses doigts robustes et de ses solides dents. Puis, avec dextérité, il les nouait ensemble pour en faire une échelle de corde. Il était complètement absorbé par cette tâche, ce qui ne l'empêchait pas de maugréer contre le gardien qui ne lui avait pas laissé de torche et d'aligner juron sur juron. Avec tristesse, le jeune garçon repensa à sa vie : quelques jours auparavant, il était encore prince héritier, vivant des jours insouciants dans le splendide palais de Cristal, ce doux cocon qui le protégeait de l'extérieur.

La nuit était complètement tombée, déjà la lune bleuâtre luisait sur les forêts ; cependant, Guin n'était pas encore rentré. Isht Van, ayant fini son échelle de corde, retourna à son banc. Il s'enroula dans une fourrure, marmonnant quelque chose au sujet des forces dont il allait avoir besoin et, sur ce, sombra dans le sommeil. L'angoisse de Rémus grandissait. Qu'était-il advenu de Linda ? Sur les forêts des Marches où ils avaient passé deux nuits – c'était seulement hier – pesait l'ombre invisible du danger et de l'horreur.

Rémus se mit en boule sur son banc, se préparant pour la première fois de sa vie à une longue et angoissante nuit. Personne n'aurait imaginé que… que Yarn, le dieu du Destin – avec sa longue barbe, ses sabots de cheval et sa queue à trois fourches et demie, qui voyait d'un seul œil jusqu'à la fin des temps –, avait choisi cet instant pour tourner la roue de sa quenouille. Yarn tissait une interminable tapisserie dont les fils s'enchevêtraient, formant des motifs d'une extraordinaire complexité. Toutefois, les personnes jouant un rôle dans ces motifs ignoraient comment il déroulait le fil de leur destin.

Guin ne rentrait toujours pas. Isht Van dormait profondément, semblant avoir oublié son projet de fuite pour le soir même. Dehors, des nuages noirs enveloppaient le donjon de Stafolos et donnaient aux rêves des soldats la couleur lugubre de la peur. Tout autour, la nuit s'installait sans bruit sur les Marches.

4

Les gardes avaient séparé Linda de ses deux compagnons pour la conduire dans une petite chambre au sommet de la tour. La lourde porte s'était refermée sur elle, suivie des pas et des railleries des soldats se diluant peu à peu dans le silence de l'escalier. Après un long moment d'accablement, elle s'était aperçue qu'elle n'était pas seule et était maintenant extrêmement tendue.

Sa cellule, comme celle d'en bas où étaient enfermés son frère et l'homme-léopard, était elle aussi construite en solides pierres, mais elle était aveugle. Dans la sienne, aucune lucarne ne laissait passer la lumière. Linda ne put rien distinguer autour d'elle, jusqu'à ce qu'elle s'habitue à l'obscurité complète qui régnait.

La pièce sentait fort le moisi. L'odeur nauséabonde irritait les nerfs de la jeune fille, déjà à fleur de peau. Pour elle qui possédait des dons de voyance, cela signifiait qu'elle était trop proche du monde des esprits. Si elle faisait un faux pas, elle basculerait à tout jamais de l'autre côté de la frontière.

Mais Linda n'avait pas fait de faux pas. Depuis qu'elle avait été poussée ici, elle restait collée à la porte, scrutant devant elle le centre de la pièce. Or, sous une table basse dont elle apercevait vaguement les contours, deux yeux verts l'observaient, brûlant d'un éclat menaçant.

Ces yeux étaient trop grands pour appartenir à un rat de Torq. C'étaient plutôt ceux d'un humain, quoique l'endroit d'où ils brillaient fût trop petit pour cacher quelqu'un. Linda imagina un scolopendre géant mangeur d'hommes, ou pire, des apparitions de Doal, telles ces goules qui les avaient harcelés et épouvantés toute une nuit durant dans la forêt de Rood.

Pétrifiée, elle resta un long moment les bras refermés sur sa poitrine, essayant d'arrêter ces frissons qui lui parcouraient le corps. Ses lèvres bleuies murmuraient le nom de Janos, ses doigts tremblants traçaient une lettre telle une rune pour écarter les démons. Elle ne pouvait détacher ses yeux de ceux qui la fixaient, et de l'autre côté, il semblait qu'il en était de même. Pourtant, cette phase critique prit fin quand elle s'aperçut que les yeux sous la table basse avaient encore plus peur d'elle qu'elle n'avait peur d'eux. Comment avait-elle compris cela ? Elle n'aurait pu l'expliquer, mais sans doute était-ce dû à sa sensibilité hors du commun.

Linda respira profondément et avança d'un pas.

— Tu n'as pas besoin d'avoir peur.

Elle rassembla son courage et marcha vers cette créature dont elle ignorait tout.

— Tu vois, je suis prisonnière dans cette tour, comme toi.

La créature ne réagit pas à ses mots. Linda réalisa tout de suite qu'elle ne comprenait pas sa langue. Elle parla encore un peu. Non, aucune réaction. Elle allait abandonner, quand enfin sa voix pure et enfantine, pleine de chaleur, déclencha un mouvement. La chose se hasarda à quitter le couvert de la table basse, rampant lentement dans sa direction.

Les yeux de Linda s'agrandirent de surprise. Elle s'était enfin habituée à l'obscurité et la vue de cet être la troublait. Elle pensa d'abord que c'était un enfant, car même debout il n'arrivait qu'à sa taille, mais elle rejeta aussitôt cette idée.

Ce n'était pas le corps d'un enfant. Le torse et les longs bras faisaient plutôt penser à un singe, tout comme les gros yeux ronds et la face décidément non humaine. Pourtant, il y avait quelque chose dans l'éclat vert des yeux qui ne suggérait pas l'animal.

Ses longs cheveux noirs tombaient en désordre dans son cou et une grossière tunique, échancrée d'un trou pour la tête, couvrait son corps. Linda pensa que cet être n'était pas très âgé, et que c'était probablement une jeune fille. Une légère couche de fourrure recouvrait son corps et, à son cou et à ses poignets, elle portait de ravissants colliers, faits de vrilles de glycine entrelacées de fleurs. La vue de ces tresses aux pétales déjà fanés remplit Linda de soulagement et de compassion.

— Tu as été faite prisonnière. Comme moi, dit-elle, désignant sa compagne, puis elle-même. Tu es une Sem, de ceux qui habitent de l'autre côté du fleuve Kes. J'ai beaucoup entendu parler de ton peuple, mais c'est la première fois que je rencontre l'un d'eux !

Les yeux verts scintillèrent, comme s'ils essayaient de toutes leurs forces de comprendre les paroles de Linda. Mais la petite fille secoua la tête en signe d'incompréhension et commença à parler très vite d'une voix aiguë.

Ce fut au tour de Linda de secouer la tête. Elle eut beau essayer de dégager quelque chose de ce flot de paroles, elle n'entendait que :

— Suni, suni, Sem, lacoundra-riku.

— Pourquoi une Sem qui vit sur l'autre rive du fleuve Kes a-t-elle été capturée de ce côté-ci du fleuve? demanda Linda.

La réponse fut à nouveau un rapide gazouillis.

Linda réfléchit un moment, puis décida d'avoir recours à la communication primitive. Pointant son doigt sur elle-même, elle répéta :

— Linda. Linda.

La réponse fut immédiate. La jeune fille des landes sauvages pointa sa poitrine plate sous la peau de bête :

— Suni.

Linda fit de même encore une fois.

— Linda.

Puis elle désigna la jeune fille, répétant : « Suni. » Et celle-ci inclina la tête d'un air satisfait.

— Suni des Sem, continua Linda.

Elle savait qu'elles ne pourraient guère aller plus loin, mais Linda était heureuse qu'elles aient réussi à se rapprocher l'une de l'autre. Elle alla s'asseoir à petits pas sur le banc, et là, commença à réfléchir.

Linda – et cela avait sans doute un rapport avec ses dons surnaturels – savait de façon innée se comporter avec un petit animal ou un être plus faible qu'elle. Elle avait compris d'un seul regard que Suni était terrifiée et qu'un mouvement brusque de sa part, un geste pour la toucher, briserait aussitôt la fragile communication qui s'était établie entre elles.

Aussi, quand Linda avait bougé, elle l'avait fait avec une extrême précaution. On aurait cru qu'elle avait peur de déranger l'air autour d'elle. La jeune Sem avait immédiatement perçu son intention et suivait ses gestes. Elle restait immobile, ses yeux verts clignotant comme ceux d'un craintif lièvre-torris, jusqu'à ce qu'elle réalise que Linda ne bougerait pas. Elle alla alors s'accroupir à bonne distance, dans le coin du mur opposé, d'où elle continua d'observer sa compagne avec curiosité

Linda n'y prêta pas attention, ou plutôt l'épuisement ne lui en laissa pas le temps. Cela faisait deux nuits que la princesse de Paroh n'avait quasiment pas dormi. A peine s'était-elle blottie sur le banc, essayant de se concentrer sur la situation et le sort de son frère, l'unique héritier du trône, qu'elle sentit le sommeil la gagner, un sommeil contre lequel elle ne pouvait lutter.

Quelques secondes plus tard, elle dormait profondément du sommeil d'une jeune fille en pleine santé – que même les esprits ou les rayons du soleil du matin ont du mal à troubler –, mais voilà pourtant qu'un cri de terreur, suivi de la clameur d'un horrible combat, la tira brusquement de ce beau sommeil.

Linda sauta du banc, ouvrant les yeux sur un spectacle répugnant. Au sol, Suni, la petite Sem, hurlait, se battant contre deux rats géants de Torq, sans doute sortis d'un trou dans le mur.

Les crocs des rats étaient plantés dans la chair de la jeune fille, l'un accroché à l'épaule, l'autre à la cuisse. Parmi la famille des rats, ceux de Torq étaient les plus gros, pouvant atteindre jusqu'à trente centimètres, c'est-à-dire la taille d'un jeune chat. Mais ils devaient paraître à la petite fille, qui ne mesurait pas plus d'un mètre, aussi féroces que des chiens sauvages.

— Hiii… ! Hiii… ! criait Suni, en essayant désespérément de se débarrasser avec la main des rats qui cherchaient à atteindre sa gorge. Alphetto ! Hiii… !

Linda ne resta pas longtemps à ne rien faire. Elle bondit, cherchant autour d'elle quelque chose qui pourrait lui servir d'arme. Ne trouvant rien, elle sauta sur le sol et, à main nue, elle attrapa le rat de Torq qui déchirait l'épaule de Suni. Surmontant son dégoût au toucher des poils sales, elle lança cette vermine de toutes ses forces contre le mur. Splash… avec ce bruit horrible, la face du rat éclata.

L'autre rat répondit aussi vite, se jetant en l'air droit sur Linda. Elle n'eut que le temps de s'emparer d'une chaise à portée de main, et la faisant tournoyer, cueillit le rat dans son vol. Puis, tout son corps tremblant d'animosité à l'égard de l'animal, elle le frappa, le frappa, jusqu'à ce qu'il ne donne plus aucun signe de vie.

Elle s'assura ensuite qu'aucun autre rat, à part ces deux-là, n'était entré dans la pièce, et enfin lâcha la chaise. Elle respirait à grands coups, ses épaules se soulevant à chaque goulée d'air. C'est alors qu'elle se souvint de Suni. La petite fille, effondrée sur le sol, pleurait. Elle la releva et la serra contre elle.

— Tout va bien. C'est fini, la rassura Linda, caressant ses cheveux.

Elle avait souvent entendu dire que les Sem étaient incroyablement laids et sales, or Suni n'était ni laide ni sale. Elle avait un parfum de fleurs séchées et de cuir.

— Alphetto ! Alphetto ! répéta-t-elle.

— Tout va bien. Je me suis occupée d'eux.

Sa compagne blottie contre sa poitrine, Linda se sentait très forte, comme si elle était devenue une héroïne.

Mais soudain, Suni se dégagea de ses bras pour se jeter à ses pieds, embrassant ses bottes, provoquant la stupéfaction chez la jeune fille.

— Semama, rakourani, iini… suni, imikoul, riikou, dit Suni avec exaltation.

— Quoi, Suni ? Je ne comprends pas.

Cependant, le geste que fit la petite fille était on ne peut plus clair. Elle porta sa main derrière son cou et en détacha le collier de fleurs qu'elle passa respectueusement au cou de Linda. Puis elle se recula de quelques pas et, la regardant avec vénération, elle s'inclina profondément, la main posée sur sa poitrine. Ses yeux verts et pétillants, ses traits animés, exprimaient bien mieux ses sentiments que toutes les paroles possibles.

Linda sourit, portant le collier à ses lèvres. Avec toute la grâce et la noblesse de la princesse de Paroh, elle remercia la petite fille par une révérence. Sur quoi, elle lui fit signe de la main de venir s'asseoir à côté d'elle.

Dans la petite pièce de la tour, les deux jeunes filles s'assirent donc côte à côte, heureuses d'avoir réussi à établir une communication intime entre elles. Elles en oubliaient leurs épreuves et l'environnement sinistre. Main dans la main, elles commencèrent à échanger quelques paroles, essayant avec passion de se comprendre.

Elles étaient ainsi occupées toutes les deux quand, soudain, après minuit, une lugubre silhouette se glissa dans la pièce par une porte secrète dissimulée dans le mur.

Les cavaliers noirs encadrant Guin descendirent la tour, mais au lieu de l'emmener dans la grande salle d'audience, ils semblaient l'entraîner au plus profond de la terre.

Tout à coup, les marches se rétrécirent, plongeant à pic. De l'eau, suintant des murs, tombait goutte à goutte, formant des flaques dans les creux du roc. L'escalier en colimaçon tournait à n'en plus finir, jusqu'à ce qu'enfin il s'arrête à l'entrée d'un vaste corridor dégoulinant d'eau, soutenu par des colonnes sur les deux côtés.

— A droite ! annonça le capitaine, éclairant le tournant de sa torche.

Sa voix semblait venir de l'abîme. Les hommes avançaient en silence, en faisant attention à ne pas glisser sur les dalles trempées ; on aurait dit qu'ils ressentaient comme une crainte de parler au-dessus du plic ploc de l'eau qui se réverbérait à l'infini dans le noir. Le halo dansant de la torche du capitaine faisait détaler de temps à autre un méchant rat de Torq surpris dans son sommeil. Des chauves-souris qui avaient élu domicile dans ces souterrains s'envolaient aussi effarées, fuyant la lumière.

Il était évident que les chevaliers n'appréciaient pas du tout cette sortie. Guin les entendait murmurer le nom de

Janos lorsqu'une chauve-souris les frôlait de ses ailes, ou cracher des jurons quand l'un d'eux s'empêtrait dans une toile d'araignée. Pourtant, le capitaine ne haussait pas la voix pour les faire taire.

Guin, complètement impassible, marchait à larges enjambées, comme insensible à cet environnement. C'était de loin le prisonnier qui était le plus à l'aise.

Juste comme l'escalier remontait sans crier gare à la surface, le capitaine lui envoya un regard haineux et fit le signe de Janos. Ils n'avaient avancé que de quelques pas, faisant résonner leurs bottes cloutées de fer sur les dalles, quand, de derrière une colonne, un homme dans une grande cape noire, se détacha, tel un esprit errant. Les soldats de Gohra eurent bien du mal à réprimer un cri de terreur.

— Ah ! Vous voilà arrivés ! Soyez les bienvenus ! les accueillit la voix insupportable du spectre.

Le comte Vannon ne portait pas son armure mais un large manteau à capuchon. En dessous, Guin apercevait de fines plaques de fer qui couvraient sa tête, son visage et ses mains comme des bandages. Le comte ressemblait à une marionnette géante habillée de fer, il en avait aussi les mouvements saccadés. D'un signe gauche de la main, il fit signe aux soldats de le suivre, gardant toutefois une bonne distance, afin de ne pas les épouvanter ou les dégoûter.

— Tout est prêt. Amenez l'homme-léopard !

Répondant au signe du spectre, la troupe avança dans le corridor. Enfin, elle arriva devant une vaste salle souterraine. Des piliers, comme ceux déjà vus auparavant, soutenaient la voûte, mais à part cela, elle était vide. Entre les murs de pierre, rien qui attirât le regard… sauf au fond tout un attirail d'instruments qui, à seconde vue, vous glaçait le sang : un immense évier de pierre pour le supplice de l'eau, des poulies pour pendre les gens la tête en bas, une table plantée d'aiguilles, un chevalet pour recevoir le fouet et toutes sortes d'autres inventions diaboliques.

Devant cette collection se tenaient deux ou trois esclaves, enchaînés entre eux, attendant des ordres avec une expression vide.

Sans jeter un coup d'œil à cette sinistre collection, le comte Noir traversa la pièce. Les hommes suivirent. Guin passa lui aussi devant les instruments sans se troubler, s'efforçant d'ignorer l'odeur de sang qui entrait dans ses narines. Il se dit que c'était une chance que ces machines ne lui soient pas destinées.

Le but du voyage n'était pas cette chambre. Le comte Noir, traînant la jambe, se dirigeait jusqu'au mur du fond. Il s'arrêta, posant la main sur la pierre : la paroi s'ouvrit lentement en deux, livrant accès à une autre salle complètement vide.

Celle-ci ne possédait pas de chevalet de torture ou de potence pour les exécutions, toutefois elle provoquait tout autant l'épouvante. Au fond, retentit le hurlement féroce d'un animal enfermé derrière les barreaux d'une cage de métal. Ses yeux rougeoyaient dans le noir.

— C'est un géant de Gabul, un singe gris ! souffla le capitaine, d'une voix à peine audible.

Glissant un regard par en dessous à Guin, il traça rapidement sur sa poitrine le signe de Janos.

Si Guin n'avait pas perdu la mémoire, s'il avait su quelle créature était un singe gris de Gabul, il n'aurait pas eu à observer, comme il le faisait maintenant, les formidables crocs qui jaillissaient de la mâchoire, les bras aux muscles bombés qui pouvaient démembrer un homme en quelques secondes ou les horribles petits yeux rouges qui brûlaient, comme habités de tous les démons de l'enfer ! Il aurait su immédiatement qu'il n'avait pas la moindre chance. Le singe gris de Gabul, à l'image de toutes les créatures de Doal, était un dévoreur d'hommes, qui prenait grand plaisir à jouer avec sa proie avant de la déchiqueter.

Guin ne savait qu'une chose, qu'il allait affronter à mains nues cette créature géante et hurlante, un adversaire redoutable et répugnant. De son appréhension, le masque de léopard ne laissait rien paraître. Certains des chevaliers faisaient le signe de Janos, d'autres, voyant Guin rester imperturbable, bien que de plus en plus tendus, crachaient par terre de dégoût à l'attitude poltronne de leurs collègues.

Quant au comte Noir, il regardait cette abominable créature, qu'on aurait crue sortie d'un cauchemar, et semblait plutôt content de l'attitude téméraire de son captif.

— Descends, esclave ! dit-il, en montrant les escaliers qui menaient à un vaste sol dallé devant la cage.

Guin regarda longuement à droite et à gauche, appréhendant la situation. Valait-il mieux obéir à l'horrible dessein du comte ou se jeter contre cette vingtaine d'hommes ? Le comte se recula brusquement ; les chevaliers entourèrent Guin, prêts à le pousser de la pointe de leurs lances. Le guerrier ne leur en laissa pas la chance ; avant qu'ils l'aient touché du fer aiguisé, il rétracta ses puissantes épaules et commença à descendre calmement les marches.

Le comte, satisfait, appuya sur le bouton dans le mur : l'escalier de pierre remonta, formant un mur qui fermait l'arène.

Il pressa un autre bouton. Cette fois, à partir du sol où il se trouvait, une plate-forme s'éleva au-dessus du premier mur. De ce gradin, il pouvait voir le spectacle dans l'arène en bas ; tout était arrangé comme dans un colisée.

— A cinq, j'ouvre la porte de la cage du singe ! déclara le comte d'une voix grave, sortant avec un geste solennel un sablier des plis de son long manteau.

Il le posa sur le rebord de la paroi du gradin.

— Si tu résistes, dans un combat à mains nues, à ce monstre pendant trois tours de sablier, je te lancerai une dague. Et, si tu résistes encore deux tours, une épée. Montre-moi que tu es un bon guerrier et tu auras la vie sauve. Je suis un homme juste, qui sais reconnaître et récompenser un guerrier valeureux. Si tu vaincs ce singe gris de tes mains nues, je te donnerai ton poids en argent !

Après une courte pause, le comte Noir poussa encore un dernier bouton, qui déclencha un horrible grincement... La cage de fer commença à monter.

Le grand singe gris de Gabul regarda autour de lui, désorienté. Il poussa un cri tonitruant ; ses yeux rouges injectés de sang appréhendèrent le guerrier à la tête de léopard.

Il se tourna vers lui, respirant bruyamment, prêt à l'action. Guin comprit alors qu'il n'y avait plus aucune échappatoire, il devait se battre.

Troisième partie

LE JOUR DES SEM

1

Le singe gris de Gabul, telle une créature de cauchemar, les bras balayant le sol, fixait droit devant lui l'homme-léopard.

Excepté son énorme tête chauve, son corps était couvert d'une toison grise et visqueuse. Bien que Guin fût grand et fort, cette créature faisait une bonne tête de plus que lui. Le guerrier, les bras le long du corps, aussi détendu que s'il avait été invité à un thé à la cour, observait la bête. Furieuse, elle avait bondi hors de la cage et maintenant s'avançait, prête à fondre sur sa proie. Mais elle hésitait. Pourquoi, se demandait-elle, cet homme n'a-t-il pas peur, pourquoi ne fuit-il pas comme les autres ? Son cerveau limité ne pouvait bien sûr lui fournir aucune réponse. Immobile, ses yeux flambant d'une haine implacable, la bête considérait avec curiosité ce grand homme au masque de léopard. Puis, elle commença à se battre la poitrine de ses bras et à pousser un hurlement menaçant.

Guin ne bougeait pas, mais derrière son masque, ses yeux

se rétrécissaient, lançant une lumière jaunâtre qui peu à peu le faisait ressembler à la noble et prodigieuse créature dont il avait la tête. Il attendait impassible, ses narines s'emplissant de l'haleine fétide et brûlante du singe.

Puis, ce fut l'affrontement.

Tout à coup, le singe aux longs bras et à la force herculéenne bondit sur Guin. Si celui-ci s'était laissé prendre de face, le combat s'arrêtait là. Mais le guerrier l'attendait et à l'instant exact où le bras du singe se déploya, il s'esquiva, et plongeant en dessous de lui, l'attaqua tel l'éclair sur le flanc.

Le grand singe gris haletait de rage. Son souffle était brûlant du désir de se battre. Il fendit l'air de ses deux bras, voulant les refermer sur cet homme-léopard insolent, mais Guin, à nouveau, para le coup. S'arrondissant, ce fut lui qui lui sauta à la gorge, le renversant de ses deux énormes bras sur le sol. La tête du singe résonna sur la pierre.

— Ouah !

Un murmure parcourut l'assemblée des chevaliers et s'échappa des lèvres du comte Noir.

Pourtant, le choc contre la pierre n'avait pas ralenti le grand singe. Fou de rage, il se releva et avança sur Guin, ses bras toujours aussi redoutables cherchant à atteindre la tête qui dansait devant lui. Quand il chargea, l'homme-léopard se propulsa sur le côté et, passant derrière lui, lui sauta sur le dos. Il l'agrippa au cou, là où la toison de poils était la plus épaisse, et serra de toutes ses forces, essayant de lui briser les os.

Les muscles sur les bras de Guin, gonflés par l'effort extrême d'appuyer sur la glotte, formaient des nœuds sous la peau, telles les racines des vieux pins. Cependant, contre la force surnaturelle de cette créature, il ne put tenir qu'un court moment. Le singe, levant les deux bras, réussit à se débarrasser de lui, l'envoyant au sol. Guin, dans son vol plané, rétablit son équilibre et atterrit sur ses jambes, en position d'attaque à nouveau. Combattre ce singe, qui possédait plusieurs fois la force et le poids d'un homme, était une tâche ardue, même pour un guerrier aux proportions extraordinaires comme Guin ; ses puissantes épaules brûlées par le soleil et son torse noueux se soulevaient violemment.

Le singe gris commençait à se méfier. Il avait réalisé que cet ennemi était différent des autres humains qui n'avaient été que des jouets pour lui, avant qu'il les mette en pièces. Il se frappa la poitrine, poussant un hurlement de caverne, puis fixa cet homme qui lui résistait. Ses yeux étaient emplis d'une haine aveugle et primitive.

— Un tour ! annonça le comte Noir d'une voix rauque, retournant le sablier.

Cette fois-ci, Guin n'essaya pas d'affronter le singe au corps à corps, il garda ses distances. Quand l'animal avançait pour l'attaquer, il se baissait aussitôt. Il lui fallait jouer avec le temps, afin de recouvrer ses forces entamées par l'effort qu'il avait fourni, car il savait que le singe, lui, était tout aussi frais qu'avant.

Naturellement, il va sans dire que Guin ne raisonnait pas si clairement. Les pensées ne prenaient pas forme dans sa tête de léopard comme des suites logiques. Il ne considérait même pas pourquoi il était en train de se battre contre un grand singe gris de Gabul, simplement il se concentrait sur la situation actuelle. C'était un prodigieux animal qui ne faisait maintenant confiance qu'à son instinct sauvage, qui ne bougeait que par lui.

Le singe gris était devenu hésitant et les deux adversaires s'observaient, immobiles. Entre eux, la tension était palpable. Le comte, irrité, lança :

— Qu'est-ce qui se passe?

La voix éraillée était pleine de fiel.

Il se saisit d'une cruche d'eau qui se trouvait là, et la lança en bas dans l'arène. Le bruit de la cruche qui se brisa entre eux fut le signal que les adversaires attendaient. Le singe gris bondit sur Guin qui échappa d'un cheveu à son bras par une vive roulade sur le sol. Quand il fut sur ses pieds à nouveau, il tenait à la main un éclat pointu de la cruche à eau.

Un bourdonnement s'éleva des rangs des chevaliers.

Guin se ramassa sur lui-même, en position d'attente, la paume de ses mains touchant presque terre. Lorsque l'ennemi l'attaqua, il le laissa s'emparer de sa tête tout en lui enfonçant son arme improvisée dans l'œil gauche.

Le singe laissa échapper un hurlement qui se réverbéra dans tous les souterrains du donjon!

Cependant, il ne lâcha pas la tête de Guin. Celui-ci, de sa main gauche lui attrapa le poignet, essayant de desserrer l'étau dont la force semblait provenir de mille hommes. Et de sa main droite, il appuyait toujours avec l'éclat de pierre, tailladant dans la face du singe, de l'œil jusqu'à la joue. Cela ne semblait pas l'atteindre car la bête hurlait mais ne lâchait toujours pas prise.

Guin se sentit soulevé de terre. En l'air, il frappa l'estomac du monstre à toute volée, puis, bandant ses forces, essaya de sauter par terre, sans y parvenir. Les mains du singe écrasaient sa tête comme un implacable étau.

Les chevaliers retenaient leur souffle.

Guin poussa un terrible rugissement qui fit vibrer l'air alentour. Si sa tête n'avait pas été protégée par le masque de léopard, elle se serait brisée telle une coquille d'œuf. La peau à la base de son cou était rouge des efforts qu'il fournissait. Dans un nouveau rugissement, il réussit, de son arme dans la main droite, à déchirer la joue du singe.

Quand l'un de ses coups lancés à l'aveuglette envoya l'éclat de pierre aiguisé juste au-dessus de l'autre œil, le singe enfin desserra sa prise. Guin en profita aussitôt pour décocher un formidable coup de pied dans le ventre de la bête, avant d'être jeté en l'air comme une poupée de chiffon. Le singe porta une gigantesque main crasseuse à son visage et son affreux cri emplit le donjon.

Le guerrier gisait à terre, épuisé. Du sang coulait des épaules labourées par les griffes de l'ennemi. La force extraordinaire déployée par le singe n'avait pas suffi toutefois à lui arracher son masque de léopard, quoiqu'il parût légèrement de travers. Il tenta de se relever mais deux fois il chancela et retomba. Alors, poussant un gémissement, il se mit en boule la tête dans les bras.

Le comte Noir, étonné, se pencha par-dessus la paroi. Il avait complètement oublié le sablier à portée de sa main. Le grand singe, un œil crevé, l'autre aveuglé par le sang qui ruisselait de la blessure juste au-dessus, faisait trembler le sol de ses pieds et battait son torse, fou de rage. Il poussa son cri guttural, lançant ses bras à la recherche de celui qui lui avait infligé tant de souffrances. Ne trouvant rien, il recommença, une fois, deux fois...

— Relève-toi, homme-léopard, vite ! cria un des chevaliers pour l'avertir du danger, mais Guin ne bougeait pas.

Sa tête avait été si fort comprimée par la main du singe qu'il flottait maintenant dans un brouillard noir. Il gémissait sourdement et, de sa main sans force s'échappa l'éclat de pierre.

La main tendue du singe rencontra ce bout de pierre. Hurlant de fureur, il l'enfourna dans sa gueule et l'écrasa en poudre sous ses crocs. Sa colère montait comme venue de la nuit des temps et éclatait bouillonnante.

Puis les mains toujours à la recherche de l'ennemi tombèrent sur le corps effondré du guerrier !

— Attention ! hurla l'un des hommes.

Un autre aussitôt se leva et dégaina son épée.

— Homme-léopard, il arrive ! A droite ! cria ce dernier tout en lançant son épée.

Guin ouvrit ses yeux obscurcis sur l'arme qui volait vers lui.

Il leva la main et, tel le dieu Cirénos qui, selon la légende, attrapa l'éclair, il saisit fermement la longue épée par la garde.

Le singe gris poussa un hurlement et se jeta sur lui, mais son torse s'arrêta net dans sa charge en rencontrant la lame de l'épée dans la main droite de Guin. Le sang jaillit en même temps qu'un cri à crever les tympans.

Le guerrier bondit avec toute l'agilité du léopard. Trempée de sang chaud, la longue épée ressortit pour couper encore et encore dans la poitrine du singe.

Or, cela paraissait incroyable, mais il était toujours debout, ce qui était bien la preuve qu'il possédait la force phénoménale qu'on ne trouve que chez les bêtes sauvages. La rage flambant toujours dans ses yeux aveugles et sanguinolents, le grand singe de Gabul souleva l'homme-léopard de ses deux bras, essayant de lui arracher la chair des épaules qu'il avait déjà profondément lacérée de ses griffes.

Guin continua de l'assaillir de coups d'épée, mais voyant que le singe ne le lâchait pas, il releva l'épée et la fit retomber, tranchant net les doigts de sa main.

La main se desserra lentement. Guin eut juste le temps de faire un saut en arrière avant que la bête titube et s'écroule sur le sol. Les chevaliers regardaient terrifiés les profondes marques violacées imprimées par les griffes sur les épaules de Guin. On aurait dit que c'était Doal lui-même qui l'avait marqué au fer rouge.

L'homme-léopard enfonça son épée dans le cou de l'ennemi, portant le coup de grâce, tel le cruel et prudent prédateur qu'il incarnait. Mais à bout de forces, il chancela et s'affaissa sur le sol, l'épée toujours à la main. Le corps couvert de blessures et de sang, il était très faible.

Les derniers grains de sable venaient de s'écouler dans le sablier pour la seconde fois.

— Imbécile !

Guin entendit vaguement le comte Noir pester contre quelqu'un, avant que tout retombe dans le noir.

— Idiot ! Ce crétin a ruiné mon précieux test ! Que l'homme qui a lancé l'épée sorte immédiatement des rangs !

— Seigneur, si je peux me permettre... osa plaider le

capitaine en faveur du soldat, car n'avait-il pas été lui-même sur le point de lancer son épée? L'homme-léopard, Votre Excellence, nous a prouvé de superbe façon son habileté au combat. Et, je suis forcé de l'avouer, pas un homme dans mon escadron n'aurait pu vaincre le singe gris de Gabul en deux tours de sablier, avec une épée ou pas!

— Imbécile! Vous êtes tous des imbéciles! vociférait Vannon, hors de lui. Il n'a rien prouvé du tout. Il y a plein de valeureux champions dans l'armée mongaule qui seraient capables de prendre Trace à eux seuls, sans l'aide de personne, si on leur donnait une longue épée! Je voulais qu'il déchire ce singe gris de ses mains nues! Je n'ai jamais eu l'intention de lui lancer une épée, longue ou courte!

— Mais, mais ce... Le capitaine ne trouva pas ses mots et perdit contenance.

Ce qui provoqua à nouveau la fureur du comte. Traînant la jambe, il s'approcha du coupable, poussé devant par les autres soldats.

— Enlevez-lui son armure et son casque à cet idiot! Sur-le-champ! Je vais le punir moi-même. Faites sortir l'homme-léopard, ramenez-le à sa cellule et donnez-lui à manger. Et surtout ne faites rien avant que je vous le dise. Il va falloir attendre que les marchands barbares nous apportent une nouvelle bête pour le tester à nouveau comme je l'entends! Non, attendez... J'ai une meilleure idée!

Et le comte Noir frappa dans ses mains, applaudissant à son idée démoniaque.

— Toi, donne ton épée à cet homme charitable, et descendez-moi celui-là dans l'arène! S'il réussit à vaincre l'homme-léopard, je le ferai capitaine du Ve escadron, à votre place, mon cher ! Allez, enlevez-lui son armure, donnez-lui une épée et en bas dans l'arène !

Le capitaine protesta :

— Votre Excellence ! Ce guerrier vient de défaire le singe gris de Gabul en deux tours de sablier ! Comment Orro de Trace pourrait-il l'affronter et sortir vivant de ce combat !

— Eh bien, qu'il se fasse tuer ! rétorqua le comte d'une voix glaciale. L'homme-léopard est blessé, il est affaibli. Si cet homme insubordonné arrive à lui porter quelques coups, je fermerai les yeux sur sa faute. Allez, qu'il descende dans l'arène !

Le comte Noir appuya sur le bouton et les escaliers sortirent lentement du mur.

Cela ne prit qu'un court moment, que Guin mit à profit.

Le guerrier accroupi par terre, couvert de sang, apparemment inconscient, sauta sur ses pieds comme mû par un ressort !

Les chevaliers n'eurent même pas le temps de crier leur surprise qu'il avait escaladé les marches de l'escalier à peine déroulé et sauté par-dessus la paroi. L'épée dégoulinante du sang du grand singe gris, il chargeait le maître maudit du donjon !

Avant que le comte Noir puisse même élever la main pour se protéger, il avait l'épée sur la gorge. De sa main gauche, Guin agrippa un pan du manteau du noble malade, poussant un rugissement de victoire. Les chevaliers se reculèrent.

— Laissez-moi passer, si vous tenez à la vie de votre maître ! grogna Guin.

— Mais il parle !

Un cri de stupeur s'échappa des rangs.

— Allez, ouvrez le passage, si vous ne voulez pas que je fende ce sac de chair putréfiée !

Les chevaliers avaient tellement peur de la maladie de leur maître qu'ils répugnaient à respirer le même air que lui, ils l'exécraient, mais le comte Noir était le symbole de la gloire des Mongauls et c'était à lui qu'ils avaient offert leurs épées. Dans tous les esprits, « chevalier de Gohra » rimait avec courage et loyauté. Un instant, les hommes hésitèrent, se regardant les uns les autres. Et quand Guin poussa le comte de la pointe de son épée, ils firent un pas en arrière, complètement déconcertés, ne sachant pas ce qu'ils devaient craindre le plus, la maladie de leur maître ou le monstre.

— N'allez pas dégainer vos épées ! hurla Guin.

— Toi qui portes le nom d'Orro de Trace, je n'oublierai jamais ta générosité !... Allez, donnez-moi les clés de la tour blanche et ramenez-moi à ma geôle.

Guin, debout devant le maître du donjon, l'épée pointée sur sa gorge, avait la tête qui touchait presque l'arche basse du plafond. Cette figure mi-homme, mi-bête dégageait une aura de majesté et de fierté sauvage que percevaient les chevaliers de Gohra. Et sans grande réticence, ils suivirent ses ordres.

Mais le bouclier humain qu'avait pris Guin, le noble comte Noir, regardait la situation d'un autre œil. Il marchait, poussé par l'épée, le corps entièrement recouvert de plaques de fer et, tout à coup, au grand effarement de tous, il se mit à rire de sa voix éraillée de fantôme :

— Qu'est-ce qui te fait ricaner, sac à pus ? s'irrita Guin.

Mais le comte rit de plus belle :

— Ah ! Je comprends maintenant. Il est habile à l'épée mais il a un cerveau de léopard. Dommage qu'il ne soit qu'un animal. S'il était plus intelligent, il ne m'aurait pas choisi comme bouclier !

— Vous êtes le maître du donjon, non?

— Oui, en effet, répondit le comte, content de la repartie qui allait suivre. Mais sais-tu que je suis aussi le comte damné des Mongauls? L'avais-tu oublié? Cela est fâcheux... Tu veux me plonger l'épée dans la poitrine? Me couper la gorge? Eh bien, vas-y, il n'y a pas de plaque à cet endroit de mon cou, juste un fin masque de fer qui fait barrière contre le vent, protégeant le monde extérieur de ma malédiction. Au moment où ton épée fendra ce masque, la peste se répandra par l'ouverture. Vous serez tous contaminés!

Guin se figea, laissant tomber le pan du manteau noir. Il recula avec précipitation. Le comte éclata de rire, satisfait :

— Pourquoi attendre que ton épée coupe mon masque? Je peux le soulever à l'instant, exposer cette chair maléfique au vent frais...

La main gantée de fer monta lentement jusqu'au masque. Un mouvement de panique gagna les chevaliers. Jetant les pires jurons, ils se bousculèrent les uns les autres vers la sortie; c'était à qui fuirait le premier.

Le capitaine, lui, ne bougea pas, mais il fouilla sous son armure, cherchant son amulette de Janos. Puis, il leva les deux mains au-dessus de sa tête et cria :

— Votre Excellence, épargnez-nous! Je vous en supplie!

La grande épée tomba de la main de Guin. Frappé de stupeur, il ne savait plus que faire. Et il ne résista même pas quand le comte lança aux soldats :

— Saisissez-vous de lui et ramenez-le tout de suite à la tour! Et à partir de maintenant, si vous faites serment de suivre mes ordres à la lettre, je n'ôterai jamais ce masque. Je vous accorde mon pardon.

Les chevaliers tirèrent leurs épées et pointèrent la lame sur le côté gauche de la bête, la garde vers le comte. C'était la façon de prêter serment à Gohra. Puis ils se disputèrent pour être le premier à s'emparer du guerrier à tête de léopard. Ses puissants bras furent immobilisés par plusieurs tours de lanières de cuir.

Guin n'opposait pas de résistance. Ses yeux jaunes regardaient dans le vague, tels ceux d'un fantôme. Abattu, il laissa les hommes prendre son épée et le pousser devant eux.

— Très bien, qu'aucun de vous n'oublie ce qu'est la soumission ! ricana le comte, puis d'un signe de la main : Bon, maintenant je suis fatigué. Mon corps malade a besoin de repos dans ma chambre noire. Que celui-là rejoigne vite la tour blanche, lavez-le, soignez-le, donnez-lui à manger et laissez-le se reposer. Je le testerai à nouveau et l'emmènerai à l'occasion avec moi à la capitale. De toute façon, il faut que je m'y rende pour livrer ces deux héritiers de Paroh à Son Excellence l'archiduc. Allez, cela suffit ! Je vous laisse décider, capitaine, de la punition à infliger à cet idiot qui a gâché mon projet !

Puis il changea de ton, comme à bout de patience :

— Faites-moi disparaître ces deux-là de ma vue ! Dépêchez-vous de les emmener !

Les soldats s'empressèrent d'obtempérer. Guin comprit que l'ordre qui régnait à Stafolos n'était fondé ni sur la gloire de Gohra ni sur la loyauté mongaule, mais plutôt sur la terreur.

La troupe repartit dans le long corridor. La nuit était très avancée et les chevaliers marchaient d'un pas lourd, piétinant dans les flaques qui détrempaient leurs chaussures de cuir. Leurs longues épées sonnaient sur leurs armures et les casques s'inclinaient comme ils progressaient tête baissée sous les voûtes du souterrain.

— Hé ! Attention !

Une voix sur sa gauche avertit Guin.

Beaucoup plus grand que les autres, le guerrier avait manqué se cogner la tête à la voûte si basse qu'elle semblait l'écraser. Il jeta un coup d'œil sur le côté ; c'était le chevalier sans épée dans son fourreau. Et sous le casque noir, un visage jeune aux yeux bleus caractéristiques des Mongauls, celui d'Orro de Trace, le généreux soldat qui lui avait lancé son épée.

Devinant que Guin le remerciait d'un geste, Orro rougit, le regard plein d'admiration.

Il parla très bas pour ne pas être entendu du capitaine en tête de la colonne :

— Tu es un formidable guerrier. Je ne pouvais pas te laisser mourir. Si je l'avais fait, je n'aurais plus été digne de porter l'épée. Je peux te dire aussi que je suis content de ne pas avoir eu à me battre avec toi !

Le capitaine se retourna, Orro se tut. Son compagnon, de même, garda le silence. La troupe enfin arrivait à la dernière marche du long escalier de pierre qui débouchait sur la cour. L'air frais de la nuit que Guin avala à grandes goulées lui procura un immense soulagement.

Il ne disait mot. Ses jambes marchaient, telle une mécanique, mais ses yeux étaient sombres, cachant une terrible pensée qui venait de germer dans son esprit. Personne ne pouvait deviner quels soupçons roulaient dans sa tête ronde de félin. Les soldats traversaient la cour, ils entraient dans la tour blanche et grimpaient à nouveau l'escalier étroit, le son de leurs pas résonnant sur la pierre.

2

Pour la deuxième fois depuis son arrivée au donjon, Guin entendit la lourde porte de la cellule se refermer derrière lui.

Il s'adossa, les épaules contre la porte, et examina la pièce. Le jeune prince de Paroh, tourné de l'autre côté, était couché en boule sur la couchette, enroulé dans des fourrures. Le grincement de la porte le réveilla. Guin était revenu ! Il avait été sur le point de crier, mais à la vue des soldats derrière lui, il s'était retenu. Il sauta du lit, et se précipita vers le guerrier.

Ses bras fluets enserrèrent la poitrine de Guin qui hochait gentiment la tête, lui faisant comprendre que tout allait bien. Le combat l'avait affaibli, ses forces s'étaient épuisées et la faim le tenaillait, mais caresser de ses mains meurtries les doux cheveux d'argent de Rémus apaisait son cœur.

— Tu es revenu ! murmura le garçon d'une voix tremblante, les yeux sur la porte refermée sur le silence qui régnait de nouveau. J'étais très inquiet, j'ai cru que tu étais mort !

— Ne t'inquiète pas ! Tu vois, je suis vivant. Il en faut plus que ça pour m'abattre ! Mais maintenant, je dois manger. Et s'il y avait du vin, ça me ferait du bien.

— Oui, Guin !

L'adolescent courut à la table basse et rapporta les restes du dîner et le pichet de vin. Puis, il regarda intensément le guerrier à la tête de léopard déchirer la viande froide, la coller dans la boulette de céréales, avant de l'enfourner dans sa bouche.

S'apercevant de l'expression du garçon, Guin l'interrogea :

— Pourquoi me regardes-tu comme ça ? Ah, ta sœur ! Ne t'inquiète pas pour elle ! Elle sait prendre soin d'elle-même.

— Non, ce n'est pas ça.

Rémus se tut. Il alla à la porte vérifier que les gardiens n'étaient pas en train d'écouter. Quand il revint, il glissa dans l'oreille ronde de Guin :

— L'homme à côté...

— Le mercenaire rouge ? demanda Guin, entre deux gorgées de vin de Gohra, une sorte d'hydromel. Qu'est-ce qu'il a fait ?

— Eh bien... mais Rémus ne continua pas.

Guin regarda le mur entre les deux cellules. La pierre avait été remise en place, il n'y avait plus aucune trace de la fenêtre de communication.

— Je... Je somnolais. Et, quand je me suis réveillé...

Le garçon balbutiait comme s'il avait peur de provoquer la colère de Guin. Puis il raconta tout ce qui s'était passé après son départ : Isht Van avait demandé les draps à Rémus, avait passé un long moment à confectionner une échelle de corde et s'était endormi sur le banc, en ronflant.

Pour Rémus qui n'avait connu, dans le splendide palais de Paroh, que les manières raffinées de la noblesse et l'obséquiosité des serviteurs, un rustre de la sorte d'Isht Van avait de quoi l'étonner et l'amuser ! Plusieurs fois, le garçon avait essayé de lui parler, mais de l'autre côté du mur le mercenaire ne répondait pas. Il était donc retourné à sa couchette, attendant patiemment que Guin revienne. Il s'était presque assoupi quand, de la cellule voisine, lui parvint un bruit !

— Nom de Yarn ! fusa un juron, puis, on aurait dit qu'on faisait glisser un meuble sur le sol, en tâchant de ne pas attirer l'attention.

Rémus se leva pour aller jeter un œil par l'ouverture. Le mercenaire rouge avait passé son échelle de corde par un trou qu'il avait creusé dans la muraille de la tour et s'apprêtait à descendre.

— Attends ! cria Rémus, cette échelle de corde est aussi la mienne. Où vas-tu ? Guin n'est pas rentré ! Tu ne peux pas partir comme ça !

A quoi Isht Van répondit :

— Tais-toi, mouflet ! Le gardien va t'entendre !

Et le mercenaire sans plus se soucier de Rémus plongea dans le trou, disparaissant bientôt dans la nuit noire.

— Il m'a trompé ! dit Rémus, terminant son récit. Il avait dit qu'il partirait avec nous !

Guin lui répondit par une sorte de hurlement de rire.

— Ah ! Isht Van s'est enfui ! Peu importe ! Qu'il suive son propre destin ! De toute façon, on ne pouvait pas se faufiler par ce trou pour rejoindre la cellule d'à côté ! Il n'a jamais eu l'intention de se sauver avec nous. A la rigueur, il m'aurait emmené pour mon épée, mais des enfants, cela n'aurait fait que l'encombrer ! Ah… Ce qu'il a fait ne m'étonne pas du tout. Il réfléchit bien, le bougre !

— Mais, il m'a forcé à lui donner les draps de mon lit !

L'indignation de Rémus fit rire Guin de plus belle.

— Tu es trop innocent, petit prince !

Puis montrant vaguement la pièce voisine de la main :

— Tu as fait confiance trop facilement et tu as été trahi, mais cela ne doit pas te mettre en colère, sinon tu ne pourras jamais être roi. Oublie cela ! On partage le même sort tous les deux. Je vais penser à un moyen de vous sortir sans dommage de ce donjon, toi et ta sœur ! Allez, ne pense plus à Isht Van, laisse-le suivre sa voie. Et moi, je suis fatigué. J'ai besoin d'un peu de repos.

Sur ce, Guin ferma les yeux, s'allongeant directement à même le sol. Ne voulant pas le déranger, Rémus alla se blottir dans un coin de la pièce où il garda le silence. Mais Guin rouvrit aussitôt les yeux. Il venait de penser à quelque chose :

— Ta sœur, Linda, c'est une prophétesse ? Ah, je voudrais tant qu'elle soit ici à l'heure qu'il est ! Je donnerais n'importe quoi pour qu'elle me dise ce que signifie l'étrange chose que j'ai vue en revenant ici.

— Quelle étrange chose ? interrogea Rémus, irrité.

Fallait-il que Guin lui aussi lui rappelle les dons surnaturels de sa sœur !

Le guerrier secoua violemment la tête, comme pour oublier cette chose qui lui avait brûlé le fond des yeux, et il s'enroula dans les fourrures avant de se recoucher sur le sol.

— Quand on est arrivés, ta sœur a dit qu'elle ne voulait pas passer sous la grande porte de Stafolos, qu'elle sentait un mauvais présage, des miasmes qui flottaient dans l'air. Que voulait-elle dire ? Sur le coup, je n'ai pas compris, mais après qu'ils m'ont forcé à me battre contre le grand singe dans la salle du souterrain sous la tour, j'ai essayé de m'enfuir en prenant le maître du donjon comme bouclier, et alors j'ai vu quelque chose d'étrange.

— Quelque chose d'étrange ?

— Oui !

Guin se redressa brusquement. Accroupi, la fourrure jetée sur ses épaules, il fixait les ténèbres de la pièce. Ses yeux brillaient d'une lumière intense, comme s'ils voulaient percer les secrets des murailles du donjon de Stafolos.

Il continua :

— Etrange... n'est sans doute pas le mot qui convient, après tout, je n'ai vu que le maître de Stafolos, le comte Noir Vannon. Et... mes yeux m'ont peut-être joué un tour. C'est pour ça que je voudrais que ta sœur me dise que ce que j'ai vu n'était qu'une illusion, que ce que j'ai senti n'était que le froid glacial du donjon...

Guin frissonna.

— Tu ne peux pas comprendre, tu n'étais pas là. J'avais le comte Noir à la pointe de mon épée. J'étais très proche de lui quand, soudain, mon corps s'est mis à trembler comme pris d'une fièvre. J'ai essayé de contrôler cette agitation, en vain, je n'y pouvais rien. Mes bras, mes jambes, tout mon corps tremblait, tel un pauvre oiseau tombé dans un nid de vipères. C'était comme si j'étais suspendu au bout d'un fil au bord du puits de l'enfer et que je voyais au fond l'abîme insondable.

Guin semblait parler pour lui-même.

— Le comte Vannon riant comme une pie jacasse a menacé de retirer son masque et d'exposer sa chair damnée à l'air pour que nous en soyons tous contaminés à notre tour, alors ce fut terrible, terrible... Comme j'étais plus proche du comte Noir que tous les autres chevaliers, j'ai vu quelque chose qu'ils ne pouvaient pas voir... ou plutôt, ce que j'ai vu mieux qu'eux, c'est qu'il n'y avait rien.

Rémus resta bouche bée.

Guin, inconsciemment, traçait dans l'air le signe de Janos.

— Ce que je veux dire, c'est que quand ce malade a porté la main à son masque et a commencé à le soulever, j'ai vu par la fente à la jointure de l'armure... j'ai vu que derrière le masque, il n'y avait rien!

— Rien! s'écria Rémus.

— Oui, rien! Je ne pouvais pas en croire mes yeux, j'étais stupéfait. L'épée m'est tombée de la main sans même que je m'en aperçoive. Mes yeux distinguent les baltos perchés haut dans les arbres, les serpents couleur de l'herbe qui se faufilent dans le vert des buissons mais, quand j'ai regardé derrière le masque du comte Noir, là où il aurait dû y avoir son visage décomposé par la maladie, il n'y avait que le vide. S'il y avait eu l'immensité noire de la nuit éclairée par quelques étoiles, je n'aurais pas été aussi choqué! Ce que j'ai vu par cette fente c'était l'abîme, tel que dans les enfers de Doal. La fente était minuscule, mais de là soufflait un vent tiède qui me hérissait la peau et répandait une odeur de pourriture à vous donner des haut-le-cœur.

Guin se tut, puis :

— Quel homme est donc le comte Noir des Mongauls, qui est ce Vannon ? Ah ! Que je voudrais le savoir !

Guin et Rémus se regardaient, sans réponse. Ils repensèrent à Isht Van, le soldat de Valakie. N'était-il pas persuadé que s'ils ne s'enfuyaient pas du donjon avant l'aube leur vie serait en danger ? N'avait-il pas dit que l'endroit était maudit et que s'ils ne s'évadaient pas avec lui, les pierres du donjon leur tomberaient dessus l'une après l'autre ?

— Guin… murmura Rémus d'une voix chevrotante, qu'est-ce qui va nous arriver ?

— Je ne sais pas, répondit le guerrier, qui semblait remis de ses émotions. En tout cas, on ne peut pas rester là à attendre les bras croisés. Quoi que le destin nous réserve, il faut qu'on sorte de cette tour, qu'on entre dans les Marches. A tout choisir, petit, je préfère encore les esprits de la forêt de Rood et ces maudites goules à la terreur sans nom qui règne dans ce donjon !

— Mais… Linda ?

— Elle vient avec nous. Je vais trouver un moyen, répondit Guin, retournant le pichet de vin pour en laper les dernières gouttes.

Sur ce, il se recoucha en boule sous la fourrure, ajoutant :

— Quant à ces apparitions mongaules, je ne sais quoi en penser. Adviendra ce qu'il adviendra ! Bon, maintenant, il faut que je dorme. J'aurai besoin de toutes mes forces.

Rémus, accroupi dans son coin, le contemplait. Dans les yeux du garçon brûlaient de sombres pensées qui ne se dissipèrent que fort longtemps après que le guerrier à la tête de léopard se fut paisiblement endormi.

Il n'était pas prévu que leur nuit serait tranquille. Rémus avait à peine trouvé le sommeil que le choc des armures et les pas précipités des soldats résonnèrent dans l'escalier, suivis par le grincement de la porte et, soudain, une torche balayant leur cellule.

— Ils sont deux, là, l'homme-léopard et le prince de Paroh, retentit une voix.

Guin se réveilla en sursaut, pestant contre ces soldats mongauls qui ne pouvaient même pas laisser leurs prisonniers dormir tranquilles.

— Non, ce n'est pas ici, indiqua à ses compagnons le grand chevalier qui était entré le premier. Un garde a donné l'alerte après qu'un des captifs s'est jeté dans le Kes, expliqua-t-il. Celui qui a sauté dans ce torrent noir est un bougre d'idiot, mais ça ne m'étonnerait pas d'un Sem ! On vérifie donc quel prisonnier s'est fait la belle.

— Comment savez-vous que c'est un prisonnier ? demanda Guin, avec un sourire. Pourquoi ce ne serait pas un soldat de Gohra qui en avait marre de ce maudit boulot de garde ?

— Les soldats de Gohra ne sont pas si faibles ! rétorqua fièrement le chevalier. Et la sentinelle a dit que le prisonnier avait descendu le long du mur de cette tour.

— Comment peut-il en être si sûr quand ce donjon abrite tous les démons de la terre !

Malgré la lueur diffuse de la torche, Guin vit le chevalier changer de couleur. Vert, il porta la main à la garde de son épée et marcha dans la pièce. Mais de la cellule voisine, le cri de ses compagnons l'arrêta :

— Ça y est, on a trouvé ! C'est de là que le prisonnier s'est évadé. Il y a un trou dans le mur. Hé, gardien, qui était dans cette geôle ?

— Un mercenaire de Valakie qui a été puni pour s'être rebellé contre Son Excellence le comte.

— La Valakie a beau être près de la mer et ses soldats de bons nageurs, ça m'étonnerait que le Kes le ramène jusqu'à chez lui ! Bon, pas la peine de sortir le radeau, faites seulement passer l'ordre en bas d'éclairer la surface du fleuve. On devrait y retrouver son cadavre.

Dans l'escalier, ce fut la cavalcade. Avec un regard hostile pour Guin, le chevalier repoussa la porte sur eux, lançant à la ronde :

— Il m'exaspère, ce monstre !

— Tiens, s'amusa Guin, on dirait que j'ai touché un point sensible ! La rumeur a fait son chemin. Ils savent qu'il se passe quelque chose de bizarre dans le donjon. Je me demande si Isht Van a réussi à descendre entier. On dirait qu'on peut le tuer cent fois, et que toujours il s'en sort, mais là, je ne sais pas si le Kes va lui laisser une chance...

— Guin ?

Du coin où il était accroupi, la voix de Rémus parvint au guerrier, si interrogatrice qu'il releva la tête, surpris.

— Guin, as-tu vraiment perdu la mémoire ? Qui es-tu, tu ne le sais pas ? Quelquefois, on dirait...

— Je ne comprends pas moi-même, répondit le guerrier. Parfois, je dis des choses avant même de m'apercevoir que dans ma tête elles étaient déjà là, que je les connaissais. Je ne sais pas ce que je sais ou ce que je ne sais pas. En tout cas, qui suis-je, ça, aucune idée.

— Guin, quand je me suis retrouvé seul après qu'ils t'ont

emmené pour te battre, j'ai pensé à toutes sortes de choses. Cela fait juste quelques jours que Linda et moi t'avons rencontré et pourtant on dirait qu'on se connaît depuis toujours. Tu m'as dit qu'il ne fallait pas être trop confiant, mais moi dès le début je t'ai accordé toute ma confiance. Je me suis demandé si tu n'étais pas un valeureux guerrier de notre connaissance ?

— Un guerrier au service de la maison royale de Paroh ?

Guin considéra cela un instant, avant de secouer la tête.

— Je ne crois pas. Dans mon esprit, je vois le Kes et les terres barbares au-delà, mais je ne connais rien de Gohra, de Paroh et des royaumes des Terres Intérieures. On a semé dans ma tête toutes les connaissances nécessaires pour survivre dans les Marches, mais c'est tout, pour le reste c'est le vide. C'est comme si on m'avait laissé choir sur cette terre.

— Paroh ne te dit rien ? Le palais de Cristal ? Et la capitale mongaule de Trace ? Yulania ? Kum ?

— Non, tout cela ne me dit absolument rien.

Guin resta la tête dans ses mains un moment, puis rugit :

— J'ai mal à la tête. On dirait un marteau qui frappe là-dedans, répétant : « Aurra, Aurra… »

— Que peut bien être… commença Rémus avant de s'interrompre aussi net, comme effrayé.

— Guin, regarde ! Le ciel dehors est tout rouge ! Le soleil se lève déjà ?

— Non. Ils ont placé des torchères le long des murs pour éclairer la surface du Kes. Ils cherchent le Mercenaire rouge.

— Ah, oui… répondit Rémus perdu dans ses pensées.

La lumière se réfléchissait sur l'eau, inondant aussi de rouge tout l'intérieur de leur cellule.

— Alors, Guin, tu serais peut-être des Territoires du Nord, ou des mystérieuses contrées du Sud.

— Je n'en ai aucune idée.

— Je ne crois pas qu'il y ait dans les Marches un pays qui forme des guerriers comme toi.

— Mon origine, cela m'importe peu pour l'instant, trancha Guin. Il faut d'abord se sauver d'ici ! Allez, dors, petit. Il faut dormir un peu, si on y arrive avec cette lumière !

— Qu'est-ce que c'est ? Tu n'entends rien ? On dirait toute une armée qui parle…

— Sans doute, les chevaliers noirs qui partent à la recherche d'Isht Van. Ils ont sorti les chevaux des écuries et se préparent dans la cour.

— Si c'est ça… tant mieux.

Rémus avait vraiment l'air inquiet. Guin sourit en douce. Comparé à sa sœur, Linda la prophétesse, Rémus était un petit poltron.

Or cette fois, Guin se trompait sur la cause qui provoquait l'agitation de Rémus, tout comme il se trompait sur le caractère de ce garçon pas encore pleinement révélé. Il est vrai qu'il ne possédait pas les dons exceptionnels de sa sœur en matière de divination, mais il était son jumeau et ils partageaient la moitié de la même âme. Il ne venait pas à l'esprit de Guin que les frissons de Rémus, cet affolement, cette angoisse étaient exactement ce qu'il avait ressenti tout à l'heure dans les souterrains du donjon.

Agacé, Guin se tourna contre le mur, fuyant la lumière qui baignait la pièce par la lucarne. Il ajusta la fourrure sur son corps et essaya de se rendormir ; il lui fallait retrouver ses forces pour le lendemain. La lumière des torches reflétait sur le mur l'ombre ondoyante de sa tête ronde de léopard, remplissant la pièce de mystère. Rémus s'assit les bras autour de ses genoux ; il était mort de fatigue mais ne pouvait trouver le sommeil. Il continuait d'observer le guerrier et d'appeler :

— Guin… Guin… chuchotait-il, en vain.

Pourquoi suis-je si anxieux ? se demanda-t-il. Il lui venait deux réponses : soit il était aussi peureux qu'une femme, soit sa sœur dont il partageait l'âme n'arrivait pas, elle non plus, à s'endormir.

Il n'avait jamais essayé d'échanger ses sentiments à distance avec elle, il n'en avait jamais ressenti le besoin puisque c'était la première fois qu'ils étaient séparés. Or, ils étaient de la famille royale de Paroh, descendants des prêtres qui communiquaient directement avec Janos et, de plus, nés jumeaux, alors fallait-il s'étonner s'ils étaient doués de magie ? Rémus eut tout à coup le pressentiment que sa sœur était en danger ; il referma encore plus fort ses bras autour de ses genoux et, fermant les yeux, se concentra très fort.

— Linda… Linda… Linda…

Il ne se produisit rien. Au bout d'un moment, démoralisé, le garçon se leva. Guin dormait ; pour ne pas le déranger, il déplaça doucement une chaise jusqu'à la fenêtre, grimpa dessus et se pencha par la petite lucarne. L'air frais de la nuit lui gifla le visage, mais ses yeux, au lieu de découvrir la forêt assoupie jusqu'à la ligne lointaine des montagnes, ne virent que les sinistres murailles de la forteresse incendiées de rouge par la lueur de mille torches.

Une horrible pensée effleura son esprit. Toutes ces torches

sûrement protégeaient les patrouilles des esprits maléfiques qui se déchaînaient la nuit dans les Marches, mais ces ombres qu'elles projetaient ne leur fournissaient-elles pas encore plus de cachettes ?

Les pelotons de recherche ébranlaient le silence de la nuit, répercutant alentour un sentiment de malaise. Une vague lueur mauve sur la pointe des montagnes annonçait que l'aube allait bientôt poindre. Rémus s'appuya des deux mains sur la pierre du mur et écouta le hennissement des chevaux, les ordres aboyés en tous sens et le craquement des branches. Ah, qu'il était impatient que le jour enfin se lève ! Le soleil était porteur de mille bienfaits, il était le protecteur de l'humanité. De ses rayons d'or, il balaierait les mauvais présages de la nuit, les esprits maléfiques, le danger. Sa lumière transfigurerait toutes choses, mettant fin au règne du démon Doal. Et même si Rémus, Linda et Guin étaient encore au matin prisonniers dans cet effroyable donjon, ils auraient au moins survécu à la nuit ! La lumière leur ferait voir sous un autre jour ces sinistres présages ; ils riraient sans doute de leur effroi !

Rémus se souvenait de la nuit tragique : « C'était la même chose quand le palais de Cristal a été incendié, quand le royaume de Paroh est tombé aux mains de Gohra, quand le sang a coulé et que la terreur a envahi la nuit. » Il appuya sa joue lisse sur la pierre fraîche du mur, se laissant aller à ses souvenirs. Quelques jours seulement avant ce bouleversement, il menait encore une vie paisible dans le brillant palais de Cristal, et maintenant tout était anéanti. Bien qu'il n'y eût personne pour l'entendre, il murmura : « Linda et moi reverrons-nous jamais les tours du palais de Cristal? Reverrons-nous jamais un jour la beauté? »

Les torchères des sentinelles brûlaient comme repoussant les ténèbres, puis la lune cacha sa face bleuâtre sous le voile noir des nuages. Rémus, sans savoir pourquoi, se haussa à nouveau sur la chaise pour regarder dehors.

La nuit, c'était certain, cachait quelque chose de terrible.

Il sentit ses yeux attirés vers une source de lumière tout en haut.

— La tour noire!

Elle se dressait à l'intérieur des murs du donjon juste en face de la tour blanche. La minuscule lucarne de leur cellule s'ouvrait à mi-hauteur de cette masse noire qui ne possédait pas la moindre fenêtre ou meurtrière. Sur quelles pestilences honteuses, se demanda Rémus, s'étaient donc refermées ces ténèbres.

Ses doigts, sans même qu'il les commande, tracèrent le signe de Janos, et il sauta de la chaise et courut à l'autre bout de la pièce où il se recroquevilla, tournant le dos à cette vision. Mais l'image de la tour noire que renvoyaient les torchères avait brûlé ses yeux, s'imprimant dans sa mémoire. Malgré l'épaisseur des murs, ce résidu incandescent de toutes les horreurs de la nuit le consumait.

Rémus s'approcha de Guin, prenant soin de ne pas le réveiller. La terreur en lui grandissait jusqu'à l'insupportable; il pouvait à peine respirer. Il porta sa main à la bouche et commença à se mordre les phalanges. En boule sur lui-même, il sentait l'arrière de son crâne comme paralysé par une brûlure. Il savait qu'ils ne verraient pas l'aube se lever, que quelque chose allait se produire. Quoi? Il n'en savait rien, mais une catastrophe qui leur serait fatale. Isht Van avec son instinct animal l'avait bien senti, c'est pour cela qu'il s'était jeté dans le Kes, comme un rat qui quitte le navire en péril. Ah ! Que Rémus aurait voulu faire comme lui ! Les eaux noires du dangereux torrent ne valaient-elles pas mieux que de rester là à ne rien faire, recroquevillé par la terreur !

Imperturbable, Yarn donna un tour à son rouet.

Et Rémus alors entendit…

Dans la pénombre d'avant l'aube, au-dessus du tumulte des recherches, un cri déchira son cœur.

— Ne me touchez pas, âme damnée ! Osez me toucher et je vous mords la langue ! Au secours ! Aidez-moi ! Rémus, Rémus ! Guin !

C'était le cri de sa sœur, aucun doute possible. Rémus sauta sur ses jambes, et cria de tous ses poumons qu'on le laisse sortir de là. Guin réveillé en sursaut regarda l'adolescent.

A ce moment, les cloches du donjon commencèrent à sonner.

3

La princesse de Paroh, « Linda la Prophétesse », était assise au côté de Suni, dans l'étroite chambre sans fenêtre de la tour. Séparée de Rémus et de Guin, enfermée avec une fillette de la tribu barbare des Sem qui ne parlait pas sa langue, Linda, si elle avait été une jeune fille ordinaire aurait certainement éclaté en sanglots à la triste tournure que prenait son destin.

Mais justement Linda n'était pas une jeune fille ordinaire. Dans son cœur brûlait la flamme inextinguible de la persévérance, et sa confiance en l'avenir était totale. Aussi, en jeune fille aimant l'aventure, elle avait réussi à oublier ses tourments et, assise à son aise les bras autour des genoux, elle essayait avec passion de communiquer avec la fillette à côté d'elle.

— Mur, prononça Linda, désignant la chose à la petite sauvageonne d'à peine un mètre qui, sans grand succès, tenta de l'imiter.

— Mur.

— Main.

— Ikoukou, nii-ni, lii-dora, iini ! s'écria tout à coup Suni d'une voix aiguë.

— Ta phrase est trop longue, comment veux-tu que je te comprenne ! se plaignit Linda.

Suni en avait vite eu assez d'être l'élève appliquée de Linda ; peut-être parce qu'elle avait perçu que Linda, avec l'arrogance d'une reine, s'efforçait de lui enseigner la langue de Paroh mais ne montrait aucun intérêt pour sa langue à elle. Elle était donc retournée à la langue des Sem, achevant de décourager Linda. Toutes les deux se regardèrent, exaspérées, puis en même temps éclatèrent d'un grand rire.

— Que j'aimerais avoir « la langue du magicien » de la légende ! Je parlerais toutes les langues sans aucun effort ! s'exclama Linda.

Suni, maintenant assise à ses pieds, regardait avec curiosité, de ses yeux qui perçaient la nuit, la peau nacrée, les cheveux platine et le long corps svelte. A la curiosité se mêlait l'adoration. La leçon improvisée s'étant révélée un échec, Linda décida de changer de tactique et de recourir au procédé plus direct du langage des mains et du corps.

— Toi – dit Linda lentement, posant sa main sur la poitrine de Suni – d'où – regardant au-delà du mur de la cellule – viens-tu ?

Suni secoua la tête, ses courts cheveux noirs retombant en mèches rebelles sur ses yeux, puis avec l'accent criard des Sem, elle commença à parler en agitant toujours la main dans la même direction.

Après bien des efforts, Linda comprit enfin que Suni et

d'autres Sem avec elle avaient été découverts par les hommes de Gohra sur un banc de sable au milieu du fleuve Kes, certains tués sur-le-champ par les arbalètes, les autres attachés comme les grains d'un chapelet à une corde et traînés jusqu'au donjon. Linda supposa que les Sem, en accord avec leurs mœurs sauvages, étaient sur ce banc de sable pour chasser les ignobles et menaçantes créatures qui peuplaient les eaux du Kes.

Suni à nouveau s'exprima par de grands gestes, comme pour faire comprendre à Linda que ses compagnons avaient souvent été attaqués ainsi par les chevaliers de Gohra.

— Suni, tu es la première Sem que je vois de ma vie. Je ne connais rien de ton pays, mais pour nous, au-delà du fleuve Kes, il n'y a que ce que nous appelons les Marches, et là-bas il se passe des choses terribles, le seul dieu est Doal, l'incarnation du mal, n'est-ce pas ?

Suni, abasourdie, la regarda en secouant la tête.

— Ceux de Gohra sont aussi nos ennemis, continua Linda, sans se préoccuper de Suni. Ils ont envahi notre royaume de Paroh, ils ont écrasé de leurs bottes la cité de Cristal, déchiré les tentures de soie de leurs mains de barbares ! Suni, tu ne sais pas cela, aussi je te le dis ! Nous, moi et mon frère Rémus, l'héritier du trône de Paroh, nous étions là, nous tenant par la main, nous avons vu l'armée de Gohra, les chevaliers noirs, les bleus, les rouges abattre les gardes… puis ce fut au tour de notre père Aldross le Troisième – un sage lettré, un grand prêtre au service de Janos – de tomber sous l'épée. Le sang coulait à flots. Alors Bogane et Riya, notre nourrice et le ministre, accoururent, nous annonçant que nous étions le dernier espoir de Paroh et qu'il fallait fuir. Rémus et moi, les avons suivis dans une course folle le long des couloirs enfumés du palais de Cristal pour enfin arriver à un endroit qui nous avait toujours été interdit : la tour de Janos.

Linda continua sans s'arrêter :

— Bogane et Riya nous poussèrent dans l'escalier sous la tour, nous dégringolâmes jusqu'à la salle du trône de Cristal. Juste comme les chevaliers rouges derrière nous faisaient irruption dans la pièce, l'un enfonçant sa large épée dans la poitrine de Bogane, je vis Riya qui élevait la main. Un chevalier cria : « Je les ai. La tête du prince de Paroh est à moi ! » Il brandit son épée, je fermai les yeux, serrant Rémus dans mes bras, et nous sommes tombés…

» Et puis, Suni, je sais que c'est difficile à croire, mais nous tombions et tout était noir, j'entendais comme venant d'un autre monde le cri du ministre : "La trappe du trône ne marche plus ! Yarn, ayez pitié de nous !"…

» Quand nous sommes revenus à nous, Rémus et moi, nous étions couchés sur le ventre dans le creux des fourrés, au bord de la source de Rood. Le comte Vannon a dit que c'était de la magie noire, mais moi je ne peux même pas dire ce qui s'est passé. Comment Rémus et moi, qui fuyions dans le palais de Cristal transformé en fumée, avons pu nous retrouver comme ça dans les Marches, sur les terres de Gohra ! Je n'en ai pas la moindre idée !

» En tout cas, cela ne nous a pas facilité la vie ! Tous les deux, nous ne savions même pas dans quel pays nous étions, nous étions loin de nous imaginer dans les Marches. Un buisson de vanja nous a servi de lit pour deux nuits. Nous avons mangé ses baies et sucé le miel des fleurs sauvages. Et ce n'est que quand nous avons entendu la conversation des cavaliers noirs de Gohra, qui passaient près de nous, que nous avons réalisé que nous étions dans la forêt de Rood, à l'extrémité des terres mongaules de l'archiduc, tout près des Marches et du domaine réservé des esprits. Et nous avons compris que ces chevaliers noirs étaient envoyés de Stafolos pour garder les Marches.

» Nous avons vraiment eu de la chance de pouvoir survivre deux jours dans la forêt de Rood ! Puis, juste comme les chevaliers allaient nous capturer, nous avons rencontré Guin, le guerrier à la tête de léopard. Son nom, c'est la seule chose dont il se souvient, et le mot "Aurra", autrement il ne sait même pas d'où il vient...

Linda, surprise, se tut.

L'expression de Suni avait brusquement changé. La fillette se leva, trébucha et, levant les bras devant elle comme pour demander grâce, elle cria :

— Aurra, Aurra ! Aurra !

— Qu'est-ce qu'il y a ? s'exclama Linda, se penchant sur elle. Suni, tu connais ce nom : « Aurra » ? Dis ! Réponds-moi ! Tu connais Guin, le guerrier à tête de léopard ? Il ne se rappelle que d'un nom : « Aurra », qu'est-ce que c'est ?

— Alphetto, riini, imiiyalou ! hurla Suni.

Linda ne comprenait pas le langage sem mais d'après le ton de la fillette, elle devina : « Dieu Alphetto, protégez-moi ! »

— Enfin, Suni !

Linda comprit que sa compagne était saisie de terreur, elle se mordit la lèvre : Comment la seule mention de ce nom « Aurra » pouvait-elle provoquer une telle frayeur chez la fillette ? se demanda-t-elle. Et Guin, quel sort lui avait réservé le destin pour qu'il ne se souvienne que de ce mot ?

Ce terrible masque de léopard qu'il ne pouvait pas enlever emmena Linda dans le monde des vieilles légendes. Aurait-il provoqué la colère de la déesse Irana ? Lui aurait-elle jeté un sort pour le punir ?

— Suni ! dis-moi : « Aurra », c'est quoi ? (Linda, à bout de patience, attrapa la petite Sem par l'épaule et la secoua.) Est-ce Aurra qui lui a mis ce masque de léopard et l'a laissé mourir dans la forêt de Rood ? Suni, je veux savoir qui est Guin !

— Imiiya, imiiya ! cria Suni, se tordant les mains d'épouvante.

Ce geste exaspéra la princesse de Paroh.

— Suni, cela suffit !

Linda la secoua de plus belle par les épaules mais, soudain... dans ses mains graciles, le corps de Suni ne se débattit plus et ses yeux s'arrondirent, blancs de terreur, fixant quelque chose derrière l'épaule de Linda.

— Quoi... ?

La jeune fille avait immédiatement compris et arrêté de harceler sa compagne. Elle avait oublié sa première intuition de danger lors de son entrée dans le donjon, mais maintenant le mauvais pressentiment était là à nouveau.

— Qu'est-ce qu'il y a... Suni ?

La voix de Linda sortit faiblement pour s'étouffer en un cri rauque. La terreur dans les yeux de la fillette était si intense qu'elle prit possession de Linda. Elle avait beau être la fille la plus courageuse du monde, elle ne voulait pas maintenant se retourner sur ce que Suni voyait par-dessus son épaule.

Mais bientôt, la peur d'avoir son dos offert sans protection à l'objet de l'effroi de Suni et le désir de savoir l'emportèrent. Elle se mordit la lèvre inférieure de ses dents de perle, lâcha

Suni bien qu'elle sentît la main duveteuse de la fillette retenir la sienne et, lentement, pivota sur elle-même.

Sur le mur de pierre pendait une lourde tapisserie dont on ne pouvait distinguer les motifs dans l'obscurité. Elle flottait agitée par le vent – ce qui était bizarre puisqu'il n'y avait aucune ouverture dans la pièce par où le vent pouvait passer – puis elle s'envola carrément.

Alors elle vit le mur s'ouvrir lentement en deux !

Linda, inconsciente de son geste, serra très fort la petite main dans la sienne, et retint son souffle. Elle sentait le violent tremblement de Suni se transmettre à son bras. Linda fixait les épaisses ténèbres que libérait le mur ; ses narines frissonnèrent à l'écœurante odeur de moisi qui se répandait.

— Qui... Qui est-là ? demanda la princesse de Paroh, d'une voix blanche.

Elle pensa que ce mur s'était ouvert sur l'enfer et qu'elles étaient maintenant au seuil de l'antichambre de Doal. Le vent, tel le mufle d'une créature vivante, exhalait ses relents de pourriture. Quand le souffle nauséeux caressa les joues de Linda, elle eut un haut-le-cœur ; elle traça le signe de Janos et ravala péniblement sa salive.

Dans le trou noir ouvert par le mur, une forme se détacha.

Ce ne fut d'abord qu'un vague contour blanc qui émergea du tissu des ténèbres, mais les yeux de Linda virent tout de suite une forme humaine – disons que cela aurait pu être un homme – dans ce vaste capuchon et cette masse de tissu tombant jusqu'au sol. C'était le drap noir du long manteau qui avait rendu la silhouette si difficile à distinguer dans l'obscurité environnante.

Quand l'apparition bougea, Linda vit sous le capuchon une face blanche, entourée à la va-vite dans des bandages. Elle frissonna.

Bien sûr, le comte Noir!

Le manteau noir s'éleva en même temps qu'une main maladroite pour accueillir les invitées. Cette main aux doigts déformés était aussi ficelée dans de la gaze dont un grand bout pendait, s'effilochant au vent.

— Alphetto... gémit Suni qui n'avait même plus la force de crier.

Les murs de pierre impitoyablement se rapprochaient, se refermant sur elles. Le spectre avançait, elles reculaient, gardant une distance entres elles et lui, jusqu'à ce que leurs dos butent contre la paroi du fond. Elles ne pouvaient détacher leurs yeux de cette horrible apparition qui se rapprochait inexorablement... Son haleine fétide mélangée aux effluves de moisi entra dans leurs poumons, mais elles étaient tellement suffoquées par l'angoisse, qu'elles ne s'en aperçurent même pas.

L'enveloppe noire étendit les mains devant elle et, tel un aveugle, avança à tâtons. On sentait que ces gestes incertains lui demandaient des efforts extraordinaires. Linda fut prise de nausées, elle hoquetait d'horreur, cependant elle avait remarqué quelque chose de bizarre. Cet homme – toutefois était-ce bien un homme? – se tenait dans le passage du vent, comme elle qui recevait son souffle tiède sur le visage, or les pans de son manteau balayant le sol ne se soulevaient pas d'un centimètre.

— Hiii! hurla Suni qui venait de retrouver sa voix après un long moment de paralysie.

— Vannon... haleta Linda.

Sa voix était rauque, elle s'humecta les lèvres.

— Comte Vannon – mais êtes-vous vraiment le comte Vannon ?...

La jeune fille n'arrivait pas à extirper ses mots de sa gorge ; ils restaient figés sous sa langue.

La forme dans le manteau tituba et ses mains bandées s'élevèrent devant lui – on aurait dit qu'il allait prier ou demander grâce, mais non, elles plongèrent soudain sur les deux filles !

— Aaah !

Cette fois-ci, c'était Linda qui avait crié. Le manteau s'était ouvert et les bandages sur le visage avaient glissé... Elle avait vu ces chairs putréfiées, qui lui faisaient penser à une bouillie de riz noir, ces restes coulants qui n'avaient plus rien d'humain.

— A l'aide !

En un instant, son orgueil de princesse royale, sa sagesse de prophétesse l'abandonnèrent. Elle serra très fort Suni dans ses bras et toutes les deux s'affaissèrent dos au mur, hurlant de peur. Ce cadavre ambulant, masse d'immonde pourriture, était terrifiant, d'autant qu'on se trouvait en présence d'une créature humaine, un noble seigneur mongaul, le maître du donjon de Stafolos. Par la fente entre les rouleaux du bandage, les yeux fixés sur les deux jeunes filles, à moitié obstrués par les amas de chair noire liquéfiée, brillaient d'un désir on ne peut plus clair. Ils réclamaient, ils suppliaient...

— Hiii ! Hiii ! Hiiiiii...

Suni poussa un cri interminable.

Linda se sentit défaillir à l'odeur de pourriture qui l'envahissait, elle secoua la tête, essayant désespérément de chasser cette pestilence.

Le monstre était presque sur elles. Dans les yeux, réduits par les boursouflures putrides à une étroite fente, l'adoration et le désir devenaient de la folie. Le bandage sur son bras se décolla des chairs fondues, découvrant une main de squelette.

Il tendit lentement cette main maladroite et faible, essayant d'agripper les épaules des deux filles terrorisées !

Suni tout à coup s'évanouit dans les bras de Linda, pesant de tout son petit poids, contre la poitrine de la jeune fille. Ses yeux, où l'éclat violet était devenu glacial, restaient fixés sur le monstre. Elle aurait bien voulu elle aussi perdre connaissance ! Mais elle savait que si elle se laissait aller, cet ignoble cadavre ambulant allait en profiter. Cette peur l'empêchait donc de baisser les yeux.

La main déformée, ankylosée, par trois fois se leva et s'abaissa, comme pour dire quelque chose. Puis elle s'abattit, frôlant l'épaule de Linda. A cet instant, entre les rouleaux du bandage souillé d'humeurs noires, elle vit apparaître une face bien plus grotesque qu'une tête de mort, et une épaisse puanteur l'assaillit, la clouant sur place. Mais à l'instant où les doigts effilés du squelette allaient toucher sa peau nacrée, elle brisa le sort qui l'avait paralysée, poussant un cri déchirant venu du plus profond de sa gorge, tel un cri d'agonie.

— Ne me touchez pas, âme damnée ! Osez me toucher et je vous mords la langue ! Au secours ! Aidez-moi ! Rémus, Rémus ! Guin !

Puis elle ferma les yeux et tomba sur Suni gisant sur le sol. Elle se couvrit le visage de ses deux mains pour ne pas voir le monstre se presser contre elle, parodie grotesque et pitoyable de l'amant en quête d'un baiser.

Et voilà qu'elle entendit :

— Linda ! Où es-tu ? Je vais te sauver ! Linda ? Linda !

C'était la voix de Rémus qui résonnait dans sa tête, comme sa voix à elle avait clairement résonné dans la sienne.

— Je suis là-haut, Rémus ! J'ai peur ! cria-t-elle en réponse.

Même avec les paumes de ses mains enfoncées sur ses yeux, elle pouvait voir la main crochue se poser sur sa peau, la maladie la contaminer, et sa chair se putréfier comme la sienne. Elle éclata en sanglots.

A ce moment, la cloche sonna !

Mais ce n'était pas le son ordinaire. La cloche sonnait à toute volée, avec insistance. Et non pas une, mais toutes les cloches du donjon !

Cela ne pouvait signifier qu'une chose : le danger, et un danger bien plus grave que l'évasion d'un soldat de Valakie ou un feu dans la forêt de Rood. Les cloches se déchaînaient. Le tocsin résonnait dans toute la forteresse.

Linda retira les mains de son visage et regarda, surprise.

— Il n'est plus là !

En effet le spectre dans le manteau noir qui se penchait sur elle, prêt à l'étouffer, n'était plus là. Il s'était évanoui comme s'il n'avait vraiment été qu'un fantôme. Pas de trou non plus derrière la tapisserie, qui oscillait doucement. Linda se releva aussitôt et courut à cette tapisserie. Elle la souleva, mais il n'y avait rien derrière de suspect, pas de mécanisme caché, rien qu'un solide mur de pierre lisse.

— Ce n'est pas possible... Je l'ai vu s'ouvrir ! s'écria Linda, portant ses mains à sa bouche tant elle était étonnée.

Kang, kang, kang... la cloche frappée à tour de bras couvrit son cri.

— J'ai pourtant senti cette odeur répugnante, cette... cette ignoble créature, je l'ai bien vue ! Suni ? Comment se fait-il que cette terrible maladie, la peste noire, qu'on peut attraper rien qu'en respirant l'air, ne nous ait pas contaminées, nous qui étions si proches ? Nous n'avons rien, n'est-ce pas ?

Linda, interdite, regardait autour d'elle à la recherche d'une explication, mais les murs restaient silencieux, seules les cloches résonnaient avec fracas dans ses oreilles, comme les vagues qui se brisent, se retirent et se brisent à nouveau : kang... kang... kang...

Entre les vagues, elle entendit le choc des épées, le hennissement des chevaux, puis des cris et des hurlements, le bruit d'un grand désordre. Enfin, une voix qui clamait :

— Les Sem attaquent !

Comme mue par un ressort, Linda se rua contre le mur et s'arrêta, se tordant les mains. Elle ne pouvait rien faire : elle était prisonnière de la tour.

La cloche de la tour de guet, tout à coup, se tut, comme si une des flèches empoisonnées des Sem venait de se ficher dans la gorge du sonneur, l'abattant en pleine action. Linda se tordit à nouveau les mains, pleurant de frustration... mais elle se rappela Suni et courut à elle qui gisait effondrée telle une chiffe molle sur le sol. Elle serra son petit corps dans ses bras, puis s'appliqua à la faire revenir à elle, la secouant, lui tapotant les joues.

4

Si un démon avait regardé le donjon de Stafolos ces dernières heures, depuis les cimes des montagnes les plus proches, il aurait certainement ri aux éclats en découvrant quel sort inattendu le destin réservait aux hommes.

Le donjon se dressait sur un mont élevé, entouré par les forêts de Rood et de Thalos, surplombant par l'arrière le fleuve Kes.

C'était un endroit où il ne faisait pas bon être garde-frontière, car le territoire sur lequel régnait le donjon était loin d'être stable, les peuples des Terres Intérieures étant en conflit constant avec les barbares des Marches.

Pour ces raisons, on avait construit le donjon en ce lieu stratégique, tirant avantage de la situation naturelle. Si les ennemis arrivaient par la route à travers la forêt, ils devaient emprunter le chemin qui grimpait en lacets jusqu'au sommet du mont, l'un derrière l'autre, car il était bien trop étroit pour pouvoir y marcher à plusieurs côte à côte. Cette pente raide avait l'avantage de vider les attaquants des trois quarts de leurs forces tout en permettant aux gardes en haut de faire rouler des pierres ou de décocher leurs flèches tout à loisir.

A l'arrière, la falaise tombant dans le Kes était si abrupte que seul un serpent ou un lézard aurait pu l'escalader. La défense était donc parfaite de ce côté-là aussi.

Le territoire au-delà du Kes était celui des tribus barbares sem, ce qui n'était pas sans danger. Le danger toutefois, tant que les gardes faisaient bien leur travail, restait limité. Or aujourd'hui, les récents événements les avaient perturbés et ils ne regardaient pas où ils auraient dû.

Si le démon du haut de sa montagne continuait depuis le début de la nuit à observer le donjon de Stafolos... et si ses yeux pouvaient voir à l'extérieur et à l'intérieur des murs, il aurait aperçu de minuscules silhouettes, innombrables, prendre le Kes et glisser sur ses eaux noires qui remontaient en amont jusqu'aux landes sauvages de Nociphère. Toute la nuit, les petites figures avaient descendu sans bruit au fil de l'eau vers le donjon.

Elles ressemblaient un peu à des singes et, par leur taille, à des enfants ou à des lutins. Cependant, ces petits personnages bravaient le torrent du Kes, peuplé de poissons-démons, de serpents d'eau et autres monstres marins. Au contraire de leurs ennemis habitant les Marches qui n'osaient pas même s'y aventurer en radeau, les Sem avaient fait du fleuve leur ami. Les dangers qu'il cachait, ils les avaient les apprivoisés.

L'une après l'autre, les ombres nageaient dans le courant, seules leurs têtes émergeaient à la surface.

Ce n'était pas la première fois que les Sem descendaient

vers le donjon. Bien des fois par le passé, ils avaient essayé de déloger ces intrus des Terres Intérieures qui avaient violé leur domaine, sans succès cependant. Les soldats du donjon avaient toujours réussi à réprimer leurs attaques, tirant avantage du Kes qui avait coupé leur retraite. En effet, avant, ils étaient venus par les deux rives, et ceux qui se trouvaient sur la rive du donjon avaient vite été décimés par les forces mongaules plus abondantes en nombre.

Or aujourd'hui, les petites têtes qui traversaient la rivière, vague après vague, étaient incroyablement plus nombreuses que la dernière fois. Sans bruit, ils remontaient sur la rive pour courir se cacher dans la forêt de Thalos et dans les coins de Rood qui n'avaient pas brûlé, et il en arrivait toujours et encore.

Juste avant l'aube, la grande partie des forces sem avait fini de traverser le fleuve quand, tout à coup, le tumulte retentit dans le donjon, les torches s'allumèrent.

Les chefs sem s'arrêtèrent, inquiets. Des ordres péremptoires passèrent de rang en rang, déclenchant un piaillement suraigu. Ils avaient entendu des voix :

— Le mercenaire de Valakie s'est évadé !

— Il s'est jeté dans le Kes par une fenêtre de la tour !

D'autres ordres filèrent dans les rangs, mettant fin à l'excitation générale. Ceux qui étaient sous la falaise s'aplatirent contre sa paroi, ceux qui se tapissaient dans la forêt retinrent leur souffle, attendant tous que le donjon retombe dans le calme.

Mais cette nuit-là, le vieux Yarn, avec ses cent oreilles et son œil de cyclope toujours ouvert, devait être d'exécrable humeur ! L'agitation continua, et bientôt mille torches éclairèrent les murs donnant sur le Kes. On aurait cru que le soleil illuminait la surface de l'eau et les Sem accrochés au pied de la falaise suaient leur huile tels des lézards venimeux en plein midi.

Cependant, pour des raisons qui ne tenaient qu'à lui, Yarn avait décidé cette nuit-là d'aider les Sem. Si les gardes avaient seulement éclairé le fleuve, avant peu une sentinelle aurait remarqué la présence des assaillants, mais comme le froid d'avant l'aube se faisait pénétrant, avec le reste du bois, ils avaient allumé de grands brasiers qui flambaient jusqu'au ciel. La voix du capitaine aboya :

— Quand il fera jour, mettez les barques à l'eau !

— Bah ! L'évadé est déjà par le fond !

— Peu importe, c'est un ordre du comte de retrouver son corps !

Les hommes rassemblés autour de ces feux qui éclairaient comme en plein jour attendaient l'aube. Les flammes montaient, faisant rougeoyer le ciel tout en obscurcissant la forêt et les flots noirs du Kes, où la grande armée des Sem restait invisible. L'événement imprévu avait stoppé un moment le déroulement des opérations, mais les chefs savaient que la nuit était leur meilleure alliée et que s'ils repoussaient leur attaque jusqu'au lever du jour, l'avantage serait à leurs ennemis. Ils se rassemblèrent donc et à voix basse tinrent conseil, puis ils se dispersèrent, revenant donner leurs ordres à chacune des troupes barbares.

Le grand chef enfin donna le signal en faisant claquer son fouet !

Soudain, un bataillon de Sem grimpa les murailles sur-

ce qu'une hache de pierre lui vole à la tête et une flèche se fiche dans son œil.

Son corps bascula dans le vide et s'écrasa dans la cour où les chevaliers noirs essayaient désespérément de renverser la bataille à leur avantage. En ligne, ils défendaient la porte de la tour et les issues des autres bâtiments intérieurs. Mais les Sem brisèrent cette ligne de défense et entrèrent. Là, les assaillants s'éparpillèrent aux quatre coins de la cour intérieure et la bataille redoubla de violence.

Dans la nuit, un cri de guerre « hiiya, hiiya, hii ! » s'éleva, lancé par les Sem près de la forêt tandis qu'ils se ruaient dans l'unique et étroit chemin grimpant au donjon. Les soldats de Gohra fermèrent la grande porte et relevèrent le pont-levis, néanmoins avec la moitié de leurs effectifs se battant à l'intérieur de la cour, ils n'étaient pas assez pour tirer profit de leur position. Les flèches et les pierres qu'ils décochaient n'avaient guère d'effet sur leurs ennemis toujours plus nombreux.

Dans la cour intérieure également, peu à peu la masse des Sem gagnait du terrain. Les soldats se battaient le dos contre les portes des bâtiments intérieurs, fauchant de droite et de gauche les petites mais agiles créatures. En peu de temps ils comprirent qu'ils seraient très vite submergés, dedans et dehors, par l'avalanche des forces barbares.

Le capitaine du IVe escadron, son panache noir flottant au sommet de son casque, vit cinq jeunes guerriers, arrivés la veille de Trace, tomber sous les flèches empoisonnées, la gorge et les joues percées.

— Ne levez pas la tête ! Baissez vos visières ! Tournez le dos aux murs extérieurs ! hurla-t-il, balayant de sa longue épée les petits démons qui s'apprêtaient du haut du mur à décocher leurs flèches. Mais un de ces singes lui sauta sur le dos, levant sa hache de pierre.

— Capitaine, attention ! l'avertit un chevalier noir, se précipitant vers lui.

Le Sem lâcha sa proie, lançant sa hache en direction du guerrier. Le casque éclata en deux ; l'homme s'effondra. D'un bond le Sem regagnait le mur, mais la longue épée du capitaine cueillit sa tête au vol.

— Nous sommes morts si nous restons là comme ça ! cria le capitaine du IIIe escadron qui défendait la porte intérieure, regardant les autres troupes qui se battaient sous la pluie de flèches qui tombait des murs.

— Hé ! toi, tu vas garder cette porte un instant ! Je l'ouvre pour courir chercher des ordres près du Comte. J'ai besoin d'une seconde, pas plus !

— Bien, mon capitaine ! répondit un chevalier d'une voix tendue.

A cette voix jeune sortant du casque, le capitaine reconnut Orro de Trace, celui qui avait tout à l'heure échappé de justesse à l'exécution.

— Je compte jusqu'à trois, dit le capitaine, tapant sur l'épaule d'Orro de Trace avec un sourire.

— Un… deux… trois !

Tournant le dos à la bataille, le capitaine déverrouilla la porte intérieure. Les Sem affluèrent, bloqués par Orro qui défendait l'ouverture. Orro était un très bon guerrier. Son épée trempée du sang ennemi, décapitait, tailladait les Sem, leur empêchant l'accès vers l'intérieur du donjon.

Le capitaine disparut dans l'obscurité et le calme de la

tour. Une fois la porte refermée sur lui avec fracas, les soldats de Gohra se remirent en formation derrière, reprenant le combat. Les Sem étaient comme le géant Nociphère – dont les mille têtes repoussaient au fur et à mesure qu'on les coupait –, plus il en tombait, plus il en accourait pour les remplacer. Les hommes leur livraient une bataille acharnée, ignorant les flèches et les haches qui diminuaient leurs rangs. C'était ce prodigieux courage mongaul qui avait amené ce petit royaume de Gohra insignifiant à l'extrémité des Marches, jusqu'à la prise de la cité de Cristal et à l'affirmation de sa puissance dans toutes les Terres Intérieures. Même lorsqu'ils savaient que la bataille était perdue d'avance, les chevaliers de Gohra se battaient avec bravoure pour défendre l'honneur de leur royaume et préserver leur fierté.

Les flèches des Sem pleuvaient et les corps basculaient dans les feux, envoyant de superbes gerbes d'or dans la nuit. Les cris de guerre, les cris des blessés et des mourants, déchiraient l'air… Les feux rougeoyaient ardemment jusqu'au ciel, éclairant les petites silhouettes qui dansaient comme des démons. Les tours, dessinées en orange et or par les flammes, flottaient tel un mirage au-dessus des hommes livrant un combat à mort. Le donjon ressemblait à un géant tombé à genoux, poussant des râles d'agonie.

— Hiiya… hiiya… hii !

Les chefs des Sem donnèrent le signal. Unc longue file d'archers décocha ses flèches enflammées au-dessus des murs. Un grand nombre ricocha, mais beaucoup se plantèrent dans les portes de bois, déclenchant l'incendie. Une deuxième fois, les chefs levèrent, la main, puis une troisième :

les flèches s'élevèrent telle une pluie de comètes, disparaissant dans le donjon.

Maintenant toute la forteresse était la proie des flammes, des flammes bien plus claires que celles des feux de camp. En rendant l'obscurité encore plus profonde du côté des assaillants, cela désavantageait les défenseurs. Les soldats de Gohra s'effondraient l'un après l'autre sous les flèches.

— La grande porte est tombée !

Un cri pathétique retentit. Des soldats se ruèrent vers la porte mais ils se trouvèrent aussitôt encerclés par les petites créatures et durent abandonner leurs camarades, ayant déjà fort à faire pour sauver leur propre vie. Leurs visages étaient tendus, gris de fatigue ; leurs genoux flageolaient sous le poids de l'armure. Les Sem s'agglutinaient sur eux comme des fourmis sur la jambe d'un éléphant, les renversant à terre où ils les achevaient d'un coup de hache dans la gorge.

Au milieu des derniers chevaliers défendant la cour, Orro de Trace était toujours debout, bataillant contre eux, la rage au cœur. Blessé, il chancelait, mais il avait remarqué que le ciel à l'est s'éclairait de jolies nuances de rose et de violet. Appuyé sur sa large épée comme sur une canne, il cria de joie :

— Le jour va se lever ! Encore un peu et avec le soleil, ce sera la fin des Sem. Battons-nous, fiers soldats mongauls !

Orro, dans sa tête, savait la situation désespérée. Les tribus sem ne s'étaient jamais déchaînées ainsi, elles n'avaient jamais lancé une attaque d'une telle envergure contre un des donjons à la frontière des Marches. Mais maintenant, elles étaient bien là dans les murs, massacrant les soldats de Gohra, l'un après l'autre. Même si leurs camarades du donjon d'Alvon, alertés par la fumée, envoyaient des troupes, elles ne seraient pas là de sitôt. Il fallait trois jours à cheval entre les deux forts, les autres étant encore plus loin. Orro secoua la tête de désespoir mais leva son épée à nouveau. Devant ses yeux, un autre chevalier noir s'effondra, le crâne fendu en deux. Fermant les yeux, le jeune guerrier fonça, criant à nouveau :

— Les renforts vont arriver d'Alvon ! Le soleil qui se lève va nous aider ! Tenons encore un peu ! Battons-nous ! Nous sommes les fiers guerriers mongauls !

D'un coup son épée trancha la tête d'un Sem, d'un autre écarta une flèche. « Mais où est donc le comte Vannon ? Le donjon est assiégé et il n'est nulle part en vue ! » se demanda Orro tout en poursuivant un Sem couvert d'éclatantes peintures de guerre, un chef probablement. Il coupa net le bras qui allait lancer la hache et acheva la créature. Alors il pensa : « Si seulement le comte était là ! Si quelqu'un pouvait prendre le commandement ! »

Cette seconde d'inattention lui fut fatale ; une hache de pierre lancée à pleine volée atteignit la plaque de protection à l'arrière de son casque. Des étoiles brillèrent devant ses yeux, puis ce fut l'obscurité. Il s'effondra lentement sur les genoux ; sa main s'ouvrit, laissant tomber sa large épée.

Les forces des Sem aussitôt passèrent sur son corps, se ruant sur les chevaliers de Gohra. Une bataille féroce s'engagea jusqu'à ce que bientôt tous les gardes défendant la porte intérieure tombent morts, ou trop blessés pour continuer le combat.

D'horribles cris de victoire s'élevèrent des gorges des barbares. Ils piétinaient les cadavres des soldats gisant en tas près de la porte, sautaient de joie. Et les voilà qui apportaient un énorme bélier : la porte craqua sous ses coups répétés et enfin céda.

— Yiiih... yiiih... yiiih!

— Hiii!

Piaillant comme des singes, les créatures poilues pressaient leurs corps menus les uns contre les autres, s'engouffrant dans l'obscurité du donjon. Le corps d'Orro gisait dans une immobilité glaciale parmi les cadavres entassés pêle-mêle de ses camarades et des Sem.

A l'extérieur de la grande porte, s'éleva alors un immense cri de joie, suivi par le fracas d'un mur qui s'écroulait. La grande porte venait de tomber. Les pierres dans leur chute avaient écrasé un bon nombre de Sem qui se trouvaient rassemblés derrière, mais les autres escaladant la montagne de cadavres et de pierres pénétrèrent dans la brèche, hurlant plus sauvagement encore.

Bientôt le donjon de Stafolos fut littéralement rempli de ces petites créatures à l'odeur sauvage, bondissantes et criardes. Poussant leurs hurlements haïssables, elles envahissaient les corridors, massacrant au passage les soldats de Gohra. Maintenant, la moitié du donjon flambait et les parties qui n'étaient pas encore atteintes par le feu étaient toutes tombées aux mains des Sem. Du côté des soldats de Gohra, on n'entendait plus un cri, plus un ordre, seulement les râles d'agonie des mourants et les faibles gémissements des blessés. Le feu se répandait en crépitant à l'intérieur du donjon ; les flammes, du bout de leurs langues, léchaient avec convoitise les deux tours, la blanche et la noire.

Alors le jour se leva.

Le soleil, enfant de Janos, apparut à l'horizon, gigantesque disque orange éclairant si fort les ruisseaux de sang sur les pierres qu'on aurait dit des feux jaillissant jusqu'au ciel. Sur son sombre linceul de forêts, le donjon de Stafolos agonisait. De la forteresse célèbre, la fumée s'élevait, et, dans la cour intérieure, remplie de cris et de gémissements, le spectacle était affreux. La lumière rayonnait, les oiseaux de la forêt chantaient, mais les haïssables cris de triomphe des Sem et les murs qui s'écroulaient avec un bruit de tonnerre brisaient l'harmonie de ce matin paisible. L'incendie allumait sans cesse de nouveaux foyers et des mains de feu montaient jusqu'au ciel, où elles écrivaient dans le joli rose et violet de l'aube, des phrases d'apocalypse.

Il y a longtemps que la cloche s'était tue. La tour de guet était maintenant la proie des flammes. Le destin du donjon de Stafolos était scellé, il allait bientôt disparaître. Dans les décombres fumants, entre les cadavres, les épées et les flèches brisées, Orro de Trace effondré revenait à lui, réveillé par la sensation de quelque chose qui coulait goutte à goutte sur ses joues : du sang. Tout flottait dans un brouillard noir autour de lui. La cour était calme. Les Sem, se dit-il, devaient avoir pénétré dans les bâtiments.

Orro se releva, poussant un léger gémissement. Usant de son épée comme d'une canne, il commença à marcher. Partout où il posait les yeux, les lieux étaient jonchés des cadavres de ses compagnons et de ceux des Sem. Une brise comme attisée par les flammes s'amplifia, gonflant les capes des morts. Il sanglotait, pensant : « Voici les ruines du donjon de Stafolos, l'orgueil de Gohra. Il n'a pas fallu plus d'une nuit pour que notre forteresse imprenable sur les Marches se transforme en enfer ! » Voyant un Sem qui essayait de se relever, il le transperça de son épée. Le casque du guerrier tomba : Orro avait encore un visage d'adolescent, maintenant barbouillé de sang, ses yeux bleus également injectés de sang. Il se dirigea vers la tour blanche ; peu à peu ses forces lui revenaient. L'incendie se propageait à partir des bâtiments centraux sur les deux côtés de la tour, où il entendit le fracas des armes.

Un peu avant…

Le capitaine du IIIe escadron était entré dans le donjon pour faire son rapport sur l'attaque à son seigneur. Il courait maintenant tel un fou le long des lugubres corridors de pierre.

Il lui sembla que là-haut l'enfer de feu n'était qu'un mauvais rêve, que ce devait être le fruit de son imagination, tant le calme et la fraîcheur régnait ici. En raison de la peste, peu de chevaliers et de servants s'aventuraient jusque dans les appartements du comte Noir, à moins que leur présence ne soit exigée à l'occasion d'une audience spéciale. Les jours ordinaires, on ne croisait pas âme qui vive dans ces souterrains, aussi, le capitaine, qui entendait ses bottes résonner dans l'interminable couloir avait l'impression d'entrer dans un monde inhabité, l'angoisse lui serra la poitrine.

Il s'arrêta, tendant l'oreille : à travers les murs lui parvenaient très étouffés, mais distincts, les clameurs de la bataille, les cris, les gémissements, le choc des épées et des armures, le tocsin que sonnait la cloche de la tour de guet et le hennissement affolé des chevaux.

Le troisième capitaine continua le long de l'obscur corridor, jusqu'à ce que tout à coup il ne puisse aller plus loin :

une imposante porte lui barrait la route. Il était sous la tour noire.

Il hésita. Même le plus vil des servants aurait choisi la mort plutôt que de franchir cette porte derrière laquelle se tenait le comte Vannon – le comte Noir des Mongauls –, seul les trois quarts du temps avec pour unique compagnie la mort et la puanteur. Les chevaliers murmuraient que la peste noire le ferait pourrir jusqu'à la mort, lentement mais sûrement. Ils maudissaient le destin qui les avait envoyés à Stafolos. Pourquoi ce donjon quand il y en avait tant d'autres dans les Marches ? Pourquoi devaient-ils servir ce seigneur qui semblait recevoir la punition du dieu Janos ?

Le troisième capitaine se débarrassa de sa visière ; son visage apparut crispé par la détermination. Il tira le lourd verrou et poussa la porte de la mort. Un air pestilentiel l'assaillit... une odeur indescriptible de chairs pourrissantes. Mais il se raidit et l'ignora, puis haussant la voix :

— Votre Excellence !

— Qu'y a-t-il ?

La réponse était venue de si près que le capitaine stupéfait avait reculé d'un bond. Ses yeux essayaient de s'habituer aux ténèbres, mais tout était d'un noir absolu à l'intérieur, il ne distinguait aucune forme. Bien qu'il fût un valeureux chevalier noir de Gohra, le capitaine n'avait pas le courage de s'avancer dans l'obscurité où se tenait son seigneur malade. Il resta sur place et appela à nouveau :

— Votre Excellence... la situation est grave. Les Sem ont attaqué, ils sont dans le donjon !

— Oui, et puis ? coupa la voix du comte.

Le capitaine sentit la colère monter en lui. N'en avait-il

donc rien à faire que ses soldats là-haut soient décapités par les haches, massacrés par les flèches empoisonnées ?

— Seigneur, les Sem sont en grand nombre. Il faut espérer que le donjon tienne jusqu'à l'aube !

Le chevalier insistait aussi calmement qu'il le pouvait, il se contrôlait, considérant qu'il parlait à un malade.

— Le IIIe escadron a perdu tous ses hommes, le Ve la moitié. Le VIe tient toujours la grande porte, mais si une nouvelle vague d'attaquants arrive, ce sera la fin. Votre Excellence, que doit-on faire ? J'attends vos ordres.

— Si elle doit tomber, qu'elle tombe ! (Dans la voix, la moquerie était claire.) Je n'ai rien à voir avec cette porte. Ce donjon, je le laisse aux singes !

— Votre Excellence !

Le troisième capitaine laissa exploser sa colère. Son maître était fou, il en était certain.

— Pourquoi pensez-vous que les Sem ont attaqué en si grand nombre cette fois ? demanda-t-il. Ce sont des sauvages, oui, sans aucun doute, mais depuis l'année du Serpent, nous avions conclu avec eux un traité tacite et la paix était respectée... et maintenant voilà ce qu'il arrive, parce que, Comte, vous avez ordonné de prendre des otages ! Ramenez-les vivants, avez-vous dit. Eh bien, il n'a pas fallu longtemps aux autres Sem pour comprendre ce qui était advenu à leurs compagnons. Et ils ont attaqué pour les libérer. C'est vous qui les avez fait enfermer dans la tour, or ils ont disparu, les uns après les autres ! Comment se fait-il ? Une rumeur court dans le donjon. Ce serait vous, Comte, qui... Qu'avez-vous fait d'eux ?

— Je vais te le dire, murmura le comte d'une voix tranquille... qui vous glaçait le sang. Le capitaine fit un pas en arrière.

— Troisième capitaine, tu es un fidèle et courageux guerrier de Gohra. Laisse le destin du donjon à Yarn, c'est lui qui en tisse le fil sur son rouet. Moi, j'ai encore des choses à faire.

— Votre Excellence... ?

La voix du chevalier trembla. Il se recula encore. L'obscurité se fit plus dense devant lui, révélant les contours d'une chose qu'il n'avait d'abord pas distinguée.

Le comte Noir des Mongauls – ou plutôt cette chose que l'on appelait ainsi – apparut lentement dans l'encadrement de la porte. Le capitaine en resta figé d'horreur et commença à crier le nom de Doal, le dieu des Ténèbres.

Mais aussitôt son cri s'interrompit.

Dans le silence qui suivit, l'obscurité exhala à nouveau ses lourds relents de pourriture et se referma comme une chape de plomb.

Quatrième partie

AU-DELÀ DE LA RIVIÈRE DES TÉNÈBRES

1

Le donjon de Stafolos était en flammes.

La bataille était conclue.

Les chevaliers de Gohra dans leurs armures noires gisaient dans la cour et les galeries extérieures, une épaisse fumée d'encre s'élevant çà et là de leurs corps.

Les quelques défenseurs encore vivants avaient été repoussés vers les deux tours au centre du donjon et continuaient de se battre, à la vie à la mort, s'aidant mutuellement. Le soleil était déjà haut. Sur les Marches, c'était une splendide journée. A part les cris stridents des Sem proclamant la défaite du donjon, rien n'avait changé. Sous le ciel d'un doux violet, le Kes déroulait son impétueux ruban noir.

Un peu plus tôt, avant que les gardes ne soient complètement vaincus, le donjon retentissait du choc des épées et des cris des hommes, tandis que dans la tour blanche qui servait de prison, d'autres troubles éclataient.

Dans la cour, les capitaines n'arrêtaient pas d'ordonner

aux hommes de faire front et de disperser l'ennemi qui déferlait par la grande porte et la porte intérieure. Le capitaine du IVe escadron avait été tué d'une flèche empoisonnée et le capitaine du VIe escadron disparut, englouti sous la mêlée des singes.

— Défendez les tours ! Protégez notre Seigneur ! cria le Premier capitaine en qui le comte Vannon avait une confiance absolue.

Il était le seul à ne pas être encore blessé et à avoir assez de forces pour crier. Il rassembla des soldats et marcha vers les deux tours. Sur son dos offert aux ennemis, les flèches ricochaient avec un bruit métallique.

Il hurla encore une fois, levant haut la main pour faire signe de le suivre : « Défendez les tours ! » Mais soudain, il entendit des clameurs.

— Les Sem sont dans la tour blanche, lui cria un chevalier qui le précédait.

Le capitaine réfléchit rapidement : « La tour blanche est pleine de prisonniers dont nous n'avons que faire, mais si les Sem la prennent, ils auront accès par le souterrain à la tour noire où se trouvent les jumeaux de Paroh, et ceux-là notre Seigneur y tient beaucoup.

Haletant, il demanda au soldat à côté de lui, engagé dans la bataille :

— Souffle dans ton cor ! Quelle humiliation, mais il faut abandonner nos positions et rassembler tous ceux qui peuvent encore se battre pour les chasser des tours !

— Bien, mon capitaine !

Le soldat aussitôt porta son cor à sa bouche. Mais pour souffler, il dut renverser la tête en arrière et à l'instant reçut une flèche en pleine gorge. Il s'effondra, la main agrippée à son cou; un autre soldat se précipita, et s'emparant du cor, souffla avec le courage du désespoir.

Le Premier capitaine entendit les notes claires et vibrantes du ralliement s'élever au-dessus du tumulte de la bataille. Appuyé sur son épée, il se reposait, ses épaules palpitant à chaque respiration. Il leva les yeux et vit le beau ciel d'azur et tout là-haut sur le donjon les oriflammes : celle au lion d'or de la savane sur fond noir faisant face au lion noir de Gohra sur bandes d'or et, à côté, celle aux armes de l'archiduc des Mongauls, blanc et or sur fond violet. Les deux oriflammes ondoyaient fièrement dans le vent, comme si elles affirmaient que, quoi qu'il arrive, elles flotteraient toujours. C'était pour cette fierté, et cette beauté, que les soldats donnaient leur vie.

La vue du capitaine se brouilla. Il leva son épée, criant : « Pour les Mongauls ! » et fonça sur la tour blanche. Mais une lanière de cuir s'enroula autour de ses jambes; le fouet des Sem en cuir de loup. Arrêté dans sa course, il bascula en avant et aussitôt son corps massif disparut sous la mêlée poilue des singes. Les haches de pierre s'abattirent sur son dos et les couteaux lui tranchèrent la gorge.

Dans la tour blanche, les prisonniers tapaient sur les murs et criaient à pleins poumons.

Toutes les cellules n'étaient pas occupées par des prisonniers qui avaient été condamnés à mort par le sanguinaire comte Noir Vannon, loin de là. Beaucoup de ces cellules de pierre étaient vides, hantées seulement par le silence ou la présence furtive d'un rat de Torq.

Plusieurs cependant renfermaient des prisonniers et dans celles éclairées par la minuscule lucarne, les occupants avaient observé la bataille qui se livrait dans la cour intérieure ainsi que l'incendie qui se rapprochait inexorablement de la tour.

Les corridors retentissaient d'un assourdissant vacarme. Les prisonniers bloqués derrière les portes criaient et frappaient les murs du plat de leurs mains, ou avec les espèces de sièges ou autres objets qu'ils avaient trouvés. Ce tumulte couvrait presque le pandémonium de la cour.

— Gardien ! Gardien !

— Dites-nous ce qui se passe !

— Les Sem. Les Sem ont attaqué ! Le donjon va tomber ! Ils vont tous nous tuer !

— Libérez-nous ! Laissez-nous sortir ! Je veux me battre contre ces singes, donnez-moi une épée ! Une épée mongaule ! Je ne m'enfuirai pas, je le jure !

— A l'aide ! Attendez-vous que les Sem nous arrachent la peau !

— Gardien ! Quelqu'un ! Ohé, vous tous ! Le feu est dans les murs. Ça chauffe. Ça brûle ! Au secours !

Le bruit des poings sur les portes et les cris d'un malheureux prisonnier, transformé en torche vivante par une flèche enflammée des Sem qui avait traversé la lucarne, se mêlaient à d'autres cris aux accents divers : ceux de Trace, des Marches, de Valakie, de la lointaine Kum. Toutes les gorges s'égosillaient, jusqu'à l'extinction.

Le vacarme s'amplifia lorsqu'ils entendirent le gardien bossu se ruer – se ruer si l'on peut dire car pour lui c'était clopin-clopant – dans le long escalier obscur.

— Ouvrez ma porte ! Laissez-moi sortir ! hurlaient les voix à son passage dans chaque étage.

— Non ! Non ! Taisez-vous ! Je ne vous libérerai pas tant que le comte ne m'en aura pas donné l'ordre ! C'est comme ça !

— C'est vraiment le moment de prouver ta loyauté à ton maître ! Tu as décidé de nous sacrifier aux Sem !

— Allez, ouvre, ouvre !

— La ferme ! Je fais sortir qui je dois faire sortir !

Et ignorant les insultes et les supplications, le gardien, suivi de plusieurs chevaliers, passa devant presque toutes les portes avant d'atteindre la cellule où étaient enfermés Guin et Rémus.

Le guerrier à la tête de léopard et le prince de Paroh, fils de Sa Majesté Aldross le Troisième, comme les autres prisonniers, criaient et tapaient sur les murs. Rémus semblait devenu fou ; il hurlait sans cesse le nom de sa sœur et Guin ébranlait la porte de la masse de ses poings. Mais, faite d'un seul bloc de pierre, la porte ne cédait pas, bien que les mains et l'énorme corps aient presque réussi à la faire sauter de ses gonds.

Avec son accent rocailleux des Marches, le gardien, exaspéré, leur aboya l'ordre de se calmer.

— Je vais vous faire sortir ! Reculez !

— Si c'est pour nous emmener chez votre maître, ce sac de pourriture, je préfère encore que ces singes m'éclatent la tête ! rugit Guin d'une voix étouffée par le masque. Donnez-moi une épée ! J'ai le droit moi aussi de me battre contre ces viles créatures de Nociphère !

— Ce ne sont pas les ordres !

Le gardien bossu était borné. Il tira une clé du lourd trousseau suspendu à sa ceinture et ouvrit la porte, reculant aussitôt lorsque Guin bondit en avant dans un formidable rugissement.

— Du calme ! Je ne suis pas venu seul ! dit-il en se retirant derrière les chevaliers noirs qui s'avançaient, leurs longues lances pointant sur la poitrine du prisonnier.

Celui-ci poussa un rugissement menaçant, et Rémus, cramponné à ses jambes, montra son visage, essayant de raisonner les chevaliers :

— Vous n'en avez donc rien à faire du donjon ! Dans la bataille, Guin à lui tout seul vaut bien un peloton entier de vos chevaliers ! Que le donjon tombe aux mains des Sem et nous sommes tous morts… Alors donnez-lui une épée !

— Les affaires du donjon ne sont pas les affaires des prisonniers ! rétorqua fièrement un des chevaliers.

— Vous serez conduits à la tour noire par le souterrain comme le veut le comte pour votre sécurité.

— Pour notre sécurité, chez le comte Noir, ce monstre ! plaisanta Guin.

— Qui est le monstre, sale bête !

Le chevalier éclata de colère, donnant de petits coups de la pointe de sa lance sur la poitrine de Guin. Le guerrier ne broncha pas.

— Allez ! Suivez-nous !

— Non. Vous voudrez bien m'excuser mais je ne m'approcherai pas une seconde fois du comte Noir, cette créature pire que Doal des enfers !

— Impudent ! hurla le chevalier qui l'aurait transpercé de sa lance si l'un de ses compagnons, alarmé, n'avait pas remarqué :

— Eh ! On dirait qu'il y a du vacarme en bas. Est-ce que ça va ? Ce...

— Bien sûr que ça va ! le coupa ce chevalier rempli d'orgueil. Le donjon ne va pas tomber comme ça aux mains de ces vulgaires barbares ! Ce n'est pas la première fois qu'ils attaquent et chaque fois, nous, fiers chevaliers mongauls, nous les avons vaincus ! Et puis, les renforts vont arriver d'Alvon...

Soudain, il s'arrêta.

Sous le casque, son visage prit une expression effarée. Pourquoi s'était-il tu ? Pourquoi soudain cette face comique de pantin ? Sur le coup, personne ne comprit.

Le chevalier ne terminerait jamais son discours. Au-dessus de l'arche de son nez, haut et droit – une caractéristique des Mongauls –, juste entre les deux yeux, une flèche avec deux ailettes de plume noire et une courte hampe était fichée comme un étrange accessoire de mode, les plumes tremblant de chaque côté. Ses yeux se retournèrent dans ses orbites et il tomba à la renverse sur le pas de la porte, le métal de son armure sonnant joyeusement contre la pierre.

— Une flèche sem !

Le chevalier qui avait donné l'alarme restait interdit à la vue de son chef mort, alors qu'une seconde auparavant c'était lui qui les assurait haut et fort qu'il n'y avait rien à craindre.

— Attention ! Par-derrière ! cria Rémus, juste comme une hache de pierre s'abattait dans son vol sur le crâne du malheureux chevalier. Il hurla non pas de souffrance mais plutôt de surprise, et s'affaissa sur le sol, rejoignant son camarade. Les Sem alors, une dizaine de boules de poils bruns, sortis de nulle part, peut-être des pierres du mur, bondirent sur les deux corps, criant à tue-tête.

Le bossu, levant les mains au ciel, se retourna et s'enfuit à toutes jambes. Une flèche se planta telle une aiguille en plein milieu de sa bosse, sans l'arrêter pour autant. Ainsi, courbé, il n'était guère plus haut que les Sem et cela l'avait sauvé, car s'il avait été de taille normale, il aurait reçu la flèche dans la nuque. Il lâcha son trousseau de clés et se précipita vers l'escalier mais ses jambes semblèrent lui manquer.

Une masse d'hommes-singes répandant une odeur fétide, poussant des cris suraigus, surgissait dans l'escalier comme les eaux déchaînées d'un torrent.

— Au secours ! Au secours ! cria le gardien d'une voix déjà éraillée, frottant son dos contre le mur, s'y aplatissant, comme s'il voulait que le mur l'absorbe pour le protéger. Mais les Sem ne le prirent pas pour un des leurs.

— Hayiii ! Hayiii ! Yiiih ! Yiii…

Avec des cris perçants d'oiseaux de proie, ils se jetèrent sur le gardien, visant sa bosse de leur hache. Par trois fois, les lames tranchèrent dans la chair, mais il résistait encore, jusqu'à ce que l'un d'eux l'attaque à la tête, qu'il rétractait comme une tortue, lui plantant une hache en plein front.

Le gardien s'effondra sans un cri. Son corps, telle une pelote, roula dans l'escalier de pierre, entraînant dans sa chute plusieurs Sem au passage, avant de s'arrêter un étage plus bas. Les singes qui montaient lui passaient dessus, le piétinant de leurs pieds nus.

A l'étage du dessus, se déroulait un combat féroce. Les chevaliers qui avaient tiré leurs épées pour répondre à l'attaque soudaine faisaient un ravage chez les Sem. Ils avaient l'avantage d'être en hauteur sur le palier. Ils avaient été pris par surprise, mais c'était leur donjon et ils le connaissaient bien, les couloirs étroits empêchaient les Sem d'attaquer de front en trop grand nombre. Ils devaient se battre un contre un, ou deux contre un, mais pas plus. Pour les imposants chevaliers noirs, c'était donc un jeu d'enfant de se débarrasser de ces petites créatures.

La force des Sem résidait en leur nombre. Quand leurs compagnons tombaient dans un brouillard de sang, d'autres se pressaient aussitôt, foulant leurs corps en poussant leurs cris de guerre : « Aïïï ! Aïïï ! »

Derrière eux, d'autres avaient pris les clés du gardien et s'affairaient à ouvrir les portes des cellules. Quand une lourde porte de pierre s'ouvrait, ils criaient d'excitation. Si un prisonnier était à l'intérieur, aussitôt il s'écroulait, le crâne éclaté par une hache. Certains occupants plongeaient sous leur couche, d'autres faisaient tourbillonner une chaise pour combattre avec courage ces créatures sauvages qui avaient osé violer le territoire des hommes. Mais les Sem tiraient ceux qui s'étaient cachés sous leur lit et encerclaient calmement ceux qui voulaient se battre, telles des fourmis foisonnant sur un gros scarabée pour le dévorer jusqu'à la dernière miette.

Dans plusieurs pièces, le feu courait, répandu par les flèches enflammées qui étaient entrées par les lucarnes. Des flammes montaient aussi dans l'escalier, laissant des tourbillons de fumée noire ; on entendait leur crépitement mêlé aux cris d'agonie des prisonniers et aux hurlements des Sem. C'était une véritable scène des Enfers.

Rémus, claquant des dents, observait le combat, une chaise à la main pour seule arme. Mais Guin lui, n'était pas resté inactif pour longtemps. Lorsque le chevalier qui les conduisait s'était effondré, touché par la flèche des Sem, le guerrier à tête de léopard n'avait hésité qu'un quart de seconde avant de se saisir de Rémus et de le pousser à nouveau dans leur cellule.

— Reste derrière la porte ! lui ordonna-t-il en rugissant.

Puis il s'empara de la première chose qui lui tombait sous la main – le pichet vide d'hydromel – et s'en servant pour détourner les flèches, il se précipita dans le couloir.

— Non, Guin, attention ! cria Rémus.

Mais le guerrier n'avait qu'une idée en tête : une grande épée dans son fourreau tombée à côté du corps d'un chevalier noir. Il plongea dans le couloir, exposant sa forme extraordinaire. L'agitation se fit palpable chez les Sem.

— Alphetto !

— Leyaado ! Leyaado !

Ces cris s'élevèrent tout à coup au-dessus des incessants hurlements de guerre, la stupéfaction dans leurs voix aidait à comprendre le sens de leurs paroles : « Le léopard ! Le léopard ! Dieu, protégez-nous ! » Mais un des chefs, montrant Guin de la main, cria quelque chose qui leur fit reprendre leurs esprits et, brandissant leurs haches, ils chargèrent à nouveau.

Guin avait tiré avantage de ce moment d'hésitation ; il s'était baissé pour ramasser l'épée tombée près du corps du chevalier noir, mais voilà que la garde résistait, coincée dans le fourreau. Il émit un grognement sourd… et tira de toutes ses forces sur l'épée.

Un archer sem, croassant comme un méchant corbeau, décocha une flèche. Guin leva la tête.

— Non ! hurla Rémus, lâchant sa chaise.

La flèche s'était plantée entre les deux sourcils du guerrier, mais c'était maintenant l'archer Sem qui criait d'effroi.

Sans se soucier de la flèche fichée dans son front, certainement empoisonnée, Guin secoua le pommeau de l'épée jusqu'à ce qu'enfin la lame se dégage du fourreau. Impatient, il s'en empara et avec un grognement de satisfaction, décrivit un ou deux moulinets dans l'air pour bien la sentir en main. Puis d'un calme absolu, il se mit en position. Ce n'est qu'alors qu'il enleva négligemment de sa main gauche la flèche fichée dans son front, avant de la relancer d'un coup sec vers les Sem.

La flèche vrombit, droit sur la cible : la gorge de l'archer. Un instant celui-ci resta debout. Peut-être le poison s'était-il affaibli ? Mais soudain, il s'affaissa, sa main grattant sa gorge.

— Alphetto !

— Alphetto !

Les singes appelaient leur dieu.

— Liirara, mul-straato ! cria leur chef, voulant dire sans doute : « N'ayez pas peur ! Encerclez le léopard ! » Or les Sem cette fois hésitèrent avant de se jeter sur lui en hurlant.

Guin de son côté n'avait pas attendu qu'ils se regroupent. Il était prêt, l'épée bien en main, impatient de se battre ; son sang de guerrier bouillait. Il était devenu une véritable machine à tuer. Dans un terrible rugissement, il fonça, sa large épée fendant l'air, tuant d'un coup cinq singes.

— Guin !

Il se retourna et vit un Sem se glisser par la porte de la

cellule. Hurlant, il fit demi-tour et faucha à hauteur du tronc la créature qui allait abattre sa hache de pierre sur Rémus.

— Monte sur mon dos ! Il ne faut pas rester là, ils sont trop nombreux ! Quoi qu'il arrive, tu ne me lâches pas ! ordonna Guin, installant le frêle petit prince sur son large dos.

Puis, il ramassa de sa main gauche la hache de pierre et brandissant son épée dans l'autre main, il extermina deux, puis trois singes, attendant l'occasion de plonger dans le couloir.

Çà et là, tout au long du corridor et de l'étroit escalier, des petits groupes de chevaliers noirs aidés de quelques prisonniers bons combattants, montraient une résistance acharnée. Cependant, ils étaient trop éloignés les uns des autres ; ce n'était plus qu'une question de temps avant qu'ils ne succombent sous le nombre des ennemis.

Tout en se protégeant à la force de l'épée, Guin appréhenda immédiatement la situation. Son cerveau, qui alliait la ruse animale et la détermination humaine, tournait très vite. Soudain, il poussa un rugissement impétueux :

— Chevaliers noirs, prisonniers, avec moi ! Si vous vous battez seuls, vous êtes perdus ! Ensemble, nous serons plus forts pour les bloquer à un seul endroit !

— Non, nous n'y arriverons jamais ! répondit un prisonnier. Plus on en abat, plus il en revient ! Personne ne peut les arrêter !

Mais le voilà qui s'effondrait en hurlant, une hache de pierre venant de lui couper la jambe.

— Tchiii… grogna Guin, et son épée étincela, détachant une tête du corps poilu d'un singe.

— Prince !

— Oui, Guin !

— Nous ne pourrons pas tenir ! En plus, le feu se rapproche !

— Guin, et Linda ?

— Je sais. Il faut aller chercher la princesse avant que les singes aient complètement envahi la tour. Si nous continuons de monter, nous allons être acculés. La seule façon de s'en tirer est de redescendre.

— Attention, derrière ! hurla Rémus.

— Oui !

Et Guin balaya le Sem qui s'était jeté sur lui dans un formidable bond par-derrière, l'envoyant se fracasser sur le mur.

— Je vais compter jusqu'à trois, murmura le guerrier, tu t'accroches à ma ceinture, et à trois, j'ouvre la voie vers le haut.

— Bien, Guin !

— Prêt, un… deux… trois !

Guin baissa la tête et brandissant son épée et sa hache, il fonça dans la masse des Sem.

Rémus suivit, agrippé à lui. L'épée de Guin fauchait, un coup à droite, un coup à gauche, envoyant des giclées de sang qui obscurcissaient la vue comme un brouillard. Un feulement de léopard sortit de la bouche du guerrier, ses yeux luisirent d'une lumière d'or ; il était maintenant une bête sauvage au magnifique corps d'Hercule couvert de sang.

Les nains, pourtant intrépides, se reculèrent devant lui. Du bout de l'épée, Guin se fraya un chemin dans l'escalier, grimpant quatre à quatre les marches étroites en tirant Rémus derrière lui.

Mais l'étage supérieur était déjà occupé par les Sem entrés

les premiers dans la tour. Guin à nouveau fit un carnage. Son épée fendant l'air, il hurla :

— Cherche ta sœur ! Appelle-la !

— Linda ! Linda ! cria Rémus à pleine poitrine, en vain.

Pendant que son compagnon sur le palier repoussait les barbares qui déferlaient vers lui, il courut inspecter chaque cellule. Mais il revint aussitôt, annonçant :

— Elle n'est pas à cet étage.

— Bon, on monte !

Guin poussa cette fois Rémus devant lui et moulinant de l'épée, ils grimpèrent jusqu'au prochain palier où les ennemis pullulaient.

Mais Linda n'était pas ici non plus.

— Guin !

— Encore un étage, vite !

Une lumière inquiétante brillait dans les yeux de Guin. Sa tête était penchée d'un côté, comme s'il se méfiait de quelque chose.

— Guin… ?

— Tu n'entends pas ? coupa le guerrier, dans la cour… ce silence. On n'entend plus maintenant que les bruits du combat à l'intérieur de la tour. Si cela veut dire que les Sem sont maîtres du donjon et n'ont plus qu'à terminer la besogne, eh bien, je n'ai guère de chances de m'en sortir vivant !

— Guin…

— Ce n'est pas le moment de faire cette tête, Rémus ! Les Sem nous rattrapent, il faut courir !

Le garçon détala, grimpant à toute vitesse les marches de plus en plus raides et étroites de l'escalier.

— Guin, on arrive en haut !

— Oui, ça doit être le sommet de la tour !

Le palier sur lequel ils avaient débouché était encore plus sombre qu'aux étages inférieurs et le plafond encore plus bas, si bas que Guin dut se courber. Il n'y avait là qu'une seule porte.

Rémus reprit espoir. Il cria :

— Linda ! Linda ? Réponds-moi !

Alors soudain :

— Rémus ! Je suis là. C'est moi ! Fais-moi sortir !

— Guin ! appela Rémus dans un cri de joie.

— Pousse-toi !

Guin donna un grand coup dans la porte. Mais faite d'un seul et unique bloc de pierre elle ne bougea pas d'un pouce.

— Haaaaaannnnnn !

Guin poussa un formidable rugissement et se rua de tout son poids sur la porte. Il recommença plusieurs fois. Toutefois, il était évident qu'il allait se casser l'épaule avant de réussir à enfoncer ce bloc de roc.

Il brandit sa hache, prêt à l'abattre sur la porte, mais s'arrêta, le bras en l'air.

— Où est passé le trousseau de clés du petit bossu ?

— Je l'ai vu, répondit Rémus, se souvenant tout à coup. Il est tombé dans le couloir devant notre cellule. Un de ces sauvages l'a envoyé d'un coup de pied dans la rigole sur le côté. Il doit y être encore.

— Oh, oh !...

Guin regarda le prince de Paroh ; quelle surprise pour lui qui ne le voyait qu'en poltron. Il sourit, satisfait :

— Pas mal, jeune prince ! Bon, eh bien, je redescends les

chercher ! Mais avant je vais faire un barrage entre cet étage et celui du bas, avec une porte de pierre. Ainsi, vous serez en sécurité. Je ne pense pas qu'une de ces créatures réussisse à passer, mais si c'était le cas…

Guin déposa sa hache dans la main tremblante de Rémus, et continua :

— Tu es un garçon, bientôt tu seras un homme. Alors, montre de quoi tu es capable !

— Oui… Oui…

— Bien !

Et Guin appuya sa puissante main sur la frêle épaule du garçon, puis levant son épée ensanglantée :

— Bon, protège ta sœur !

— Guin, tu ne vas pas mourir !

— Ne t'inquiète pas pour moi. Je…

Il s'arrêta. Les yeux d'or dans le masque de léopard, sur cette tête d'homme venu de nulle part, brillèrent soudain d'une singulière intelligence.

— Ce n'est pas mon destin de mourir ici, pas plus que le vôtre.

La voix était presque douce, mais avant que ces paroles n'aient eu le temps de pénétrer à l'intérieur de Rémus, Guin s'engouffrait telle une tornade dans l'escalier.

Quand il atteignit l'étage inférieur, il fit sauter une porte de ses gonds et la plaça dans l'escalier pour empêcher l'accès vers le haut. Satisfait de sa barricade, il reprit son épée et dévala l'escalier, plongeant sans hésiter dans la troupe des Sem.

2

Guin abattait les barbares à grands coups d'épée ; un à droite, un à gauche, tourbillonnant dans l'escalier tel un ouragan noir et or. Cependant, leur flot ne diminuait pas ; ils revenaient toujours à la charge aussi nombreux, et le guerrier, sans montrer le moindre signe de fatigue, zébrait l'air en criant : « Dehors, sales singes ! Sauvages ! » Il laissait dans sa trace des montagnes de cadavres. Son épée rapide comme l'éclair, dans sa main souple, semait la mort. Il paraissait l'incarnation de Ruah, le dieu de la Guerre au corps ensanglanté.

Mais les Sem étaient aussi de braves combattants – il fallait au moins leur reconnaître cela –, se dit le guerrier. Il lui semblait que ces têtes poilues logeaient des cerveaux primitifs où il manquait les parties qui commandent la peur et l'instinct de préservation, tant ils fonçaient sur l'ennemi, n'hésitant pas à piétiner leurs camarades qui s'écroulaient devant eux.

Guin, en tout cas, n'eut pas le loisir de pousser plus loin ses observations ; les Sem ne lui en laissèrent pas le temps.

Le démon à tête de léopard dut dégringoler l'escalier d'une traite jusqu'à la cellule qu'il croyait avoir quittée pour de bon.

Curieusement, plus il descendait, plus les Sem décroissaient en nombre. Peut-être que le gros de la troupe avait abandonné la tour, à la recherche d'autres proies, ne laissant qu'un petit groupe ici pour faire face à Guin. Dans le couloir et les cellules aux portes ouvertes, des corps de Sem mélangés à des chevaliers noirs et à des prisonniers gisaient où ils étaient tombés. Dans cette partie du donjon, il ne restait aucun survivant. Guin dut faire face à nouveau à un groupe d'ennemis qui arrivait d'en bas et à un autre qui, lui, descendait à sa poursuite.

Au bas de la tour, régnait un calme étrange. Dehors, pas le moindre signe de bataille.

« Le donjon de Stafolos serait-il anéanti ? » se demanda Guin.

Il rugit d'impatience, atteignant son but. Rémus ne s'était pas trompé : dans la rigole creusée le long du mur, qui servait de conduite d'eau, un éclat métallique attira son regard. C'était sûrement le trousseau de clés. Il n'eut pas le temps de se baisser pour le ramasser car les Sem, qui s'étaient jetés à ses trousses depuis le haut de l'escalier, étaient là. Ils l'encerclèrent à dix, puis vingt. Un combat acharné s'engagea.

Si le coup fatal avait été porté au donjon et que les derniers défenseurs étaient morts, les barbares allaient tout brûler, se dit Guin.

Il disposait donc de très peu de temps. D'un coup d'épée, il fit voler la hache de pierre d'un Sem, puis d'un revers de la lame, taillada un petit singe de l'épaule à l'estomac. Il lançait ses estocades en se protégeant contre le mur, attendant l'instant propice pour se pencher sur la rigole.

Mais l'occasion ne se présentait pas. Il grinça des dents et passa soudain à l'action. Ignorant la troupe de Sem qui lui faisait face, il plongea sur le trousseau de clés qu'il repêcha de sa main gauche.

Il avait été plus rapide que l'éclair, mais son large dos et sa nuque sans protection avaient été exposés un court instant. Pendant un dixième de seconde, les Sem hésitèrent – pensant peut-être que c'était là une de ses tactiques d'attaque – mais quand ils comprirent que son seul but était les clés, ils se ruèrent sur lui, leurs haches tourbillonnant au bout de leurs bras levés.

Guin s'était déjà redressé, mais il avait perdu l'avantage de sa position. Ses yeux virent une hache voler droit sur son front. Hurlant, il la détourna d'un coup d'épée, or sa lame était gluante du sang de ses centaines de victimes, et la hache au lieu de rebondir cascada jusqu'à lui effleurer le poignet. Clang… L'épée venait de lui échapper, se fracassant contre le mur.

— Prenez garde !

Ce cri inattendu était venu de derrière les rangs des Sem et, par-dessus leurs têtes, une épée volait en sa direction.

Il s'en saisit au vol, changea l'arme de main, puis décrivant un demi-cercle, il faucha in extremis les créatures qui s'étaient approchées trop près. S'il n'avait pas à l'instant reçu cette épée, un couteau de pierre lui aurait tranché net l'épaule gauche.

Cette épée n'était pas même ébréchée ! Guin en oublia sa fatigue et avec une énergie renouvelée continua le combat, tout en regardant qui avait bien pu lui venir en aide. Il le vit plus loin, se défendant furieusement contre les Sem qui l'avaient vu arriver et s'étaient aussitôt divisés en deux groupes.

Derrière le masque impassible de Guin, un sourire de satisfaction transparaissait : celui qui lui avait lancé l'épée n'était autre qu'Orro, le jeune guerrier de Trace.

— Tu m'as sauvé la vie par deux fois, Orro de Trace ! rugit Guin tout en continuant de fendre joyeusement dans le flot des Sem.

Orro, très occupé de son côté, lui jeta un coup d'œil, laissant flotter un sourire sur ses lèvres. Il était blessé un peu partout et se demandait maintenant comment il allait stopper cette hache de pierre qui volait vers lui. Son épée fendit l'air, en vain. Un quart de seconde Orro s'était retourné vers Guin, et cela avait suffi pour qu'un Sem se glisse derrière lui et lui saute dessus ,la hache levée.

Orro l'avait senti et s'était retourné. Une erreur ; il reçut la lame en plein front. Sa tête était nue, il avait perdu auparavant son casque dans la cour. La lame pénétra donc profondément le crâne du jeune guerrier de Trace. Le sang jaillit. Orro chancela, puis tourna sur lui-même comme une toupie avant de s'effondrer lourdement sur le sol.

— Orro ! cria Guin, accourant vers lui en envoyant les Sem valser dans l'air.

Leur nombre enfin diminuait. Il n'en restait que quelques-uns. D'une main, Guin releva le torse d'Orro et de l'autre se débarrassa des derniers ennemis. Puis il secoua gentiment le jeune guerrier.

— Orro, reste éveillé !

— Non, c'est fini… dit le guerrier.

Il haletait :

— Vite, fuyez... Ils vont revenir en plus grand nombre. Même si vous êtes le dieu de la Guerre Ruah, il y en a plus que les goules dans la forêt de Rood... Ils vont vous tuer...

— Ne parle pas, dit Guin qui avait posé son épée et cherchait des yeux un tissu pour arrêter le sang.

La plaie béante laissait apparaître la cervelle. Orro secoua faiblement la tête :

— Vite, sauvez-vous ! Je suis arrivé à temps pour vous aider... Je suis content. En venant ici, j'ai vu de la fumée s'élever de la tour blanche... Un guerrier comme vous, mourir brûlé dans cet endroit damné... ce... ce serait trop affreux. Quelle joie de... de vous avoir vu combattre.

— Orro, ne parle pas. Tu m'as sauvé la vie deux fois, avec le singe gris de Gabul et à l'instant les Sem. C'est à moi de faire quelque chose pour toi maintenant.

— Je... Je ne vous ai donné qu'une épée. C'est... vous qui l'avez maniée... sauvé votre vie, vous-même.

Puis plus faiblement :

— Aaah... Je ne vois plus.

— Tu veux boire ?

— Non, c'est fini... Ah ! Quel malheur, le beau donjon de Stafolos... Un capitaine est mort devant mes yeux... Et Ledo du même village que moi... Eck un autre ami... Tous... tous... sont morts. Que Yarn qui a apporté cette ruine absurde à notre donjon soit cent fois maudit !

La gorge d'Orro s'enrouait :

— Aaah... Ce printemps, j'allais terminer mon temps dans la patrouille des Marches... retourner à Trace, la belle capitale...

Guin se taisait. Il tenait le jeune guerrier dans ses bras et regardait la couleur de la vie quitter son visage.

— Aaah… j'ai mal. Aaah…

Sa voix ressemblait maintenant à un sifflement.

— Tu souhaites que je fasse quelque chose?

— Non… rien…

— As-tu de la famille à Trace?

— Non… Non… Ce n'est pas…

Orro passa sa langue sur ses lèvres, puis avec grande difficulté :

— Si jamais vous avez besoin d'aide à Trace, vous trouverez Godaro à la taverne *Fumée et Pipe*. C'est mon père. Il voudra sans doute savoir comment je suis mort… Dites-lui que son fils a eu une mort de guerrier, en combattant les barbares.

— Oui, je le ferai.

Guin serrait la main d'Orro dans la sienne et déjà elle était glacée, sans force.

— Tu as été bon pour moi, Orro.

Le visage blessé força un sourire et sa bouche se contracta :

— Vous… êtes… guerrier formidable homme-léopard, murmura-t-il dans un râle.

Ses dernières forces l'abandonnaient, mais il dit encore :

— Si je ne vous avais pas jeté cette épée, je… n'aurais… pas été… digne d'être un… guerrier mongaul…

Et sa voix s'éteignit.

Orro n'était plus.

Guin prit l'épée tombée et la posa solennellement sur la poitrine du jeune guerrier, faisant ce serment : « Tu es un brave, Orro de Trace, les dix prochaines têtes de Sem sont pour toi. »

Puis il leva la tête, inquiet : de la fumée lui chatouillait les narines et à nouveau ce tumulte. Les Sem arrivaient avec des renforts.

— Yiiih... yiiih... !

— Hiii ! Hii !

De l'étage inférieur, leurs étranges cris parvenaient affaiblis à Guin. Tel un ressort, il bondit sur ses pieds et, laissant le corps d'Orro, grimpa l'escalier jusqu'au sommet sans reprendre son souffle. Là-haut il dégagea la barricade.

— Ah ! Guin ! (Rémus accourut à lui, pleurant.) Guin, Guin... J'ai cru qu'ils t'avaient tué !

— Ah, mais dis donc, on dirait que tu as agi comme un prince se doit de le faire ! lui répondit Guin en jetant un œil du côté de la barricade où gisaient quatre ou cinq cadavres de Sem. Je te croyais un petit poltron, un oisillon au cou rentré dans les plumes, j'avoue que je me suis trompé !

Rémus rougit de plaisir. Guin détacha les clés de l'anneau et les essaya l'une après l'autre.

— Voilà, c'est celle-ci.

Et il rugit lorsqu'elle entra dans la serrure. Le gros bloc de roc s'ouvrit lentement et Linda se précipita dehors.

— Oh, Rémus !

— Linda, Linda !

Pour les deux perles de Paroh, jumeaux nés d'un seul œuf, la plus grande épreuve avait été cette séparation. Ils se jetèrent dans les bras l'un de l'autre. Ils pleuraient, pleuraient, se couvrant de baisers comme s'ils voulaient empêcher à tout jamais qu'on les séparât à nouveau.

Guin venait d'entrer dans la cellule, les yeux phosphorescents.

— Hiiii... !

Un cri perçant retentit. Linda se libéra des bras de Rémus et courut dans la pièce ; des deux mains levées, elle empêcha Guin d'abattre son épée.

— Non, Guin ! Suni n'est pas méchante. C'est mon amie. Arrêtez !

— Une amie ?

— Suni a été capturée par le comte Noir. Les Sem sont venus pour la délivrer. S'ils comprennent qu'elle est saine et sauve, ils nous laisseront la vie, c'est sûr.

— Ah ! ça, c'est à voir ! Les enfants, rugit Guin, derrière moi ! Les voilà qui arrivent. Maudits démons ! Ils ont répandu le feu en montant. Eux, sont de la famille des singes et peuvent redescendre en se balançant à des cordes, mais nous, nous allons finir rôtis ou... Ah ! Les voilà !

Un groupe de Sem déboulait sur le palier. Suni sortit à leur rencontre, mais dès qu'elle vit les premiers, elle poussa un cri strident et se précipita à nouveau dans la cellule où elle se cacha derrière Guin et les jumeaux.

— Suni... Qu'est-ce qui se passe ?

La fillette, de sa voix aiguë, prononça un flot de paroles.

— Qu'est-ce qu'il y a ? Tes amis sont venus te sauver ! Parle-leur ! Dis-leur que nous sommes leurs amis.

— Non, ce n'est pas la peine, intervint Guin. Elle dit qu'ils ne sont pas de la tribu Raku qui est la sienne, que ce sont des ennemis, les Karoï.

— Guin ! (Linda mit sa main sur sa bouche qui s'était ouverte, béante de surprise.) Guin, vous comprenez le langage des Sem !

— Oui, on le dirait... En tout cas, notre chance s'arrête là. Cette fille ne peut pas nous aider, et en bas les Sem, le feu, ravagent tout, c'est la défaite chez les Mongauls, l'anéantissement, alors...

— Guin, attention !

Le guerrier intercepta une flèche qui le rata d'un cheveu.

— Dans la chambre ! ordonna-t-il, et il poussa les enfants devant lui avant de refermer et de verrouiller solidement la porte.

» Cette porte est solide. Elle devrait tenir un moment... quoiqu'on ne soit peut-être pas plus en sécurité de ce côté. Vous entendez les singes derrière dévider leur chapelet d'injures ! Ils ne sont pas contents d'avoir laissé échapper leur proie, à quelques secondes près.

— Ah, quelle angoisse c'était de ne pas savoir ce qu'il arrive à l'autre ! Au moins maintenant nous sommes ensemble !

Et Linda embrassa à nouveau Rémus. Suni courut se mettre en boule dans un coin, elle tremblait de tous ses membres.

— Suni, viens près de nous ! Ma pauvre petite Suni, s'ils avaient été de ta tribu, tu serais sauvée à l'heure qu'il est, dit gentiment la jeune fille en lui tendant la main.

Suni s'approcha craintivement et se pelotonna contre Linda.

Guin les regarda, lançant sèchement :

— Moi, je n'ai pas l'intention de mourir ici !

Puis :

— Je ne sais même pas qui je suis, ni pourquoi j'ai cette apparence. Et je ne vais pas me laisser tuer par un singe de Nociphère avant de connaître les réponses à mes questions.

— Guin ! hurla soudain Rémus. La porte ! Ils sont en train de la casser !

On entendait derrière quelque chose de lourd qui s'écrasait sur la porte avec un bruit de tonnerre. Un coup, un autre, et à nouveau. Ils ne pouvaient plus s'entendre dans la pièce.

— Ah, ah ! Ils ont amené le bélier du donjon, ricana Guin. L'intelligence du singe !

— Guin !

Linda, les deux mains jointes au-dessus de sa tête, lui dit tout à coup :

— Ce sont des singes de Nociphère. J'ai entendu dire qu'ils offrent leurs captifs à leurs dieux, qu'ils les torturent et qu'après ils les mangent vivants. S'ils pénètrent ici, Guin, je vous demande de nous tuer de votre épée… et Suni aussi, si tel est son désir.

— Linda… sanglota Rémus, serrant sa sœur dans ses bras et ne la quittant plus.

Au-dessus du vacarme des coups de bélier, Guin riait.

— Ce damné de comte Noir l'avait bien dit, tu as la fierté d'une reine, Linda la prophétesse. Mais il est encore trop tôt pour se résigner à la mort. Nous n'en sommes pas encore à la dernière extrémité, tant que nous aurons une chance, si infime soit-elle, il faut espérer et se battre. C'est cela, la vraie fierté.

— Mais… protesta Linda juste comme un trou s'ouvrait dans l'imposante masse de la porte.

De la poussière et des pierres tombèrent. Guin reprit son épée.

— Guin, donnez-moi une épée, je veux me battre moi aussi ! supplia Linda.

— Reculez, collez votre dos contre le mur, qu'ils ne puissent pas vous encercler, telle fut la réponse du guerrier.

Il les fit passer tous les trois derrière lui et recula avec eux jusqu'à l'endroit le plus éloigné de la porte, c'est-à-dire la paroi dissimulée par la lourde tapisserie.

Jetant leurs cris bizarres, les Sem bondirent par la brèche, les haches levées, et un combat à la vie à la mort reprit pour Guin. Or le plafond écrasait sa forte stature et il faisait extrêmement noir. Il n'était donc pas à son avantage. A chaque coup, sa longue et massive épée butait contre le mur, ou éraflait le plafond lorsqu'il décapitait un Sem.

Guin poussa un rugissement redoutable, se reculant petit à petit.

— Guin ! cria Rémus. On ne peut plus se retirer, on arrive à…

Et à ce moment, il perdit l'équilibre, passant à travers la tapisserie.

— Aaaaaaah !

Le cri de Linda resta suspendu en l'air. Tous les quatre, Guin, Rémus, Suni et elle, furent happés dans le noir.

Le mur qui venait de s'ouvrir se referma sur eux, laissant les Sem effarés.

3

De l'autre côté de la porte de pierre, les ténèbres régnaient à l'infini. Tous les quatre étaient tombés dans un puits sans fond, hurlant d'effroi et de surprise à cet événement si inattendu.

Les Sem, tels les singes auxquels ils ressemblaient si fort, piaillaient, trépignaient, vomissaient des injures. En vain, aucun signe que le mur allait se rouvrir.

Au pied de la tour, les cadavres des soldats du donjon jonchaient le sol. Plus aucun signe de vie dans tous ces corps ; en ce jour le fil de leur destin avait été coupé.

Quant à Guin, Rémus, sa sœur Linda la Prophétesse et Suni, ils n'étaient pas exactement tombés dans un puits sans fond, c'était bien plus étrange. D'abord, ils avaient été happés dans un tourbillon vertigineux, mais leur chute s'était peu à peu ralentie, ils avaient flotté un moment, comme portés par des nuages… avant d'atterrir lourdement sur un sol de pierre.

Ils avaient eu la chance que ce soit Guin, le plus lourd d'entre eux, qui touche le sol en premier. Si les adolescents étaient arrivés les premiers, ils auraient sans doute été écrasés. Mais Guin, aux muscles bien entraînés, avait d'instinct amorti sa chute et c'est lui qui avait reçu les trois autres. L'atterrissage les avait laissés sous le choc ; un certain temps, ils restèrent inconscients dans la position où ils étaient tombés, au fond de ce trou noir.

Ce ne fut pas très long. Le premier à se réveiller fut Guin qui se trouvait en dessous. Il aspira très fort, et commença à repousser quelque chose qui lui pesait sur la poitrine, une tête de jeune fille, lui sembla-t-il. Et c'est à ce moment que les trois adolescents reprirent leurs esprits.

— Ça va ? Personne n'est blessé ? furent les premières paroles de Guin.

Son grondement caractéristique de léopard, dont il était difficile de saisir le sens, résonnait bizarrement dans l'obscurité.

— Je... vais bien. Hé ! Linda ?

— Je vais bien aussi.

Rémus et Linda se cherchaient avec leurs mains, puis ils tombèrent dans les bras l'un de l'autre.

— Pourquoi est-ce qu'il fait si noir ? On dirait que je suis devenu aveugle. Vraiment cette obscurité est étrange ! Que nous est-il arrivé ? Nous étions dans la chambre de la tour et...

— Silence ! ordonna soudain Guin d'une voix étouffée.

Ses yeux à l'éclat d'émeraude, qu'on voyait briller dans le noir, balayaient ce puits à la recherche de quelque ennemi.

— Nous sommes passés à travers le mur de cette pièce dans la tour. Il doit y avoir une sorte de porte secrète donnant accès à ce puits. Cela n'est pas rare dans les vieux châteaux... Mais sommes-nous vraiment plus en sécurité ici? J'en doute...

— On n'y voit rien. Je n'aime pas cet endroit... Guin, il y a quelque chose de mauvais ici. Je sens une substance nauséabonde, très proche de nous.

La voix de Linda tremblait et son corps était pris de violents frissons.

— Princesse, c'est vous la « Prophétesse »! Et vous avez toujours raison, mais cette fois-ci, je n'ai pas eu besoin de votre avertissement, je sens moi-même ces miasmes. Mes narines depuis tout à l'heure sont pleines de ce parfum écœurant qui n'est autre que celui de la chair humaine encore vivante en train de pourrir lentement – une odeur bien pire que celle de la mort.

— Le comte Noir Vannon, murmura Linda.

Au comble de la stupéfaction, elle frappa dans ses mains :

— Mais oui! Bien sûr! Dans la chambre de la tour, nous avons vu son apparition, Suni et moi. Le comte Noir a emprunté ce passage pour venir nous visiter! Et il s'est évanoui!

Parlant très vite, Linda raconta à Guin et à Rémus comment le monstre était apparu, le visage dégoulinant d'humeurs noires à travers les rouleaux de son bandage, et avait disparu avant qu'il ne les touche. Puis elle s'arrêta, saisie d'épouvante.

— Mais alors s'il se sert de ce passage, la peste noire stagne peut-être encore dans l'air!

— Hum...

Guin gronda. Il fronça les narines et contracta son corps à

l'extrême ; son instinct lui commandait de fuir cette horreur, mais il se contrôla.

— Il y a quelque chose que je ne m'explique pas. Comment le comte utilise-t-il cette ouverture pour monter jusqu'à la petite chambre de la tour ? Il doit y avoir une sorte d'échelle de corde sur le mur ? Ou bien des marches creusées dans la pierre ? Oui, mais alors comment un malade en décomposition comme lui peut-il se hisser jusqu'en haut... Non, il y a autre chose, mais quoi !

— Oui... dit Linda, réfléchissant. Et ce que je ne comprends pas non plus c'est que, quand le monstre s'est approché si près de moi et de Suni avant de se volatiliser, nous n'avons rien eu, pas de boursouflures sur la peau, aucun de ces horribles symptômes de la peste noire.

Linda tremblait de tous ses membres.

— Pourtant, le comte Noir avait dit que si sa peau était exposée à l'air, la peste se transmettrait sur-le-champ à tous ceux qui étaient autour de lui.

— C'est vrai.

— Il y a quelque chose au sujet de ce donjon de Stafolos... un mystère ! (Linda étouffa sa voix, comme si elle avait peur d'être entendue par un ennemi l'épiant dans le noir.) J'ai l'impression que même si les Sem n'avaient pas attaqué cette nuit, Stafolos serait tombé dans un proche avenir. C'était son destin.

— Linda la « Prophétesse », vos prédictions s'accordent parfaitement avec celles du prisonnier qui s'est enfui un peu plus tôt de la cellule voisine de la nôtre ; « Epée Magique », comme on l'appelle en raison de ses dons de voyance, comme vous il flaire le danger. En fait, c'est Isht Van… Oh, Linda, qu'est-ce qui vous arrive ?

Guin plaisantait joyeusement mais il s'arrêta net, sentant le corps de Linda contre le sien soudain secoué comme par la foudre.

— Isht Van de Valakie, le « Mercenaire rouge », Linda, vous le connaissez ?

— Non… absolument pas ! Mais…

La jeune fille ouvrit ses bras et les referma sur les puissantes épaules de Guin. Des convulsions agitaient son corps, c'était comme si elle avait entendu le rouet de Yarn tourner d'un tour. Elle se rappela avoir eu le même sentiment lorsque le guerrier à la tête de léopard avait prononcé le nom d'Aurra. Pourquoi ce frisson de peur au nom du Mercenaire rouge ? Isht Van de Valakie, elle n'avait jamais entendu ce nom de sa vie ! Elle, à qui les dieux avaient accordé ce don de clairvoyance, était bouleversée, terrifiée. Elle se serra plus fort contre Guin. Au contact du corps dénudé et vigoureux, elle sentit la force du guerrier se transmettre en ondes à son propre corps, et elle se sentit rassurée et pleine de courage à nouveau.

— Dis… Linda, que se passe-t-il ? Tu *vois* quelque chose ? demanda Rémus, vexé d'être laissé seul à se morfondre dans l'obscurité à côté d'eux.

Le garçon était fier de sa sœur, il l'aimait, mais quand elle s'absorbait dans ses prédictions de prophétesse, il ne pouvait s'empêcher de montrer une pointe de jalousie car il se sentait seul, abandonné.

— Non, je ne sais pas… Ce doit être mes nerfs. Pourtant…

Et Linda se pelotonna entre Guin et Rémus.

— Bon, on ne va tout de même pas rester assis dans le noir pour l'éternité... prononça Guin, plutôt découragé.

Il se leva, fouillant autour de lui dans l'opaque nappe d'encre, mais il ne voyait même pas sa main devant lui.

Or soudain Suni, jusque-là tout à fait calme, entama une longue tirade de sa voix perçante. La surprise fut plus grande encore lorsque Guin lui répondit dans sa langue !

— Guin ! Non seulement vous comprenez sa langue mais vous la parlez aussi !

— Guin, qui êtes-vous donc !

Le guerrier les arrêta immédiatement.

— Taisez-vous ! C'est très important maintenant. Elle dit qu'elle peut voir dans la nuit ; tous les Sem ont cette faculté et comme nous sommes ses amis, elle va partir en reconnaissance pour trouver le chemin hors d'ici. Selon elle, le puits n'est pas si vaste ; à cinquante pas, pas plus, elle voit un mur qui ferme ce cul-de-sac, où est incrusté une sorte de mécanisme, un élévateur sans doute.

— Mais nous ne savons pas ce qui est de l'autre côté. Non, Suni, n'y va pas !

— Peut-être, intervint Guin, mais nous ne pouvons pas rester ici éternellement. Il faut prendre le risque. Et Suni est déjà partie ! Ne vous inquiétez pas de ce qu'il y a derrière le mur ! Par bonheur, quand on est tombés dans ce trou je n'ai pas perdu mon épée. Avec elle, quoi qu'il arrive, je ferai face !

— Guin ! Ce qui est derrière la porte, c'est ce cadavre ambulant !

Linda montra sa colère, mais à l'instant, elle entendit Suni assez proche d'eux les appeler.

— Suni ! Suni ?

Elle allait crier, mais son frère lui posa brusquement la main sur la bouche.

— Elle dit qu'il y a une porte là-bas.

Guin attrapa les jumeaux par les épaules.

— On y va !

— Et le comte Noir… dit Rémus, s'arrêtant aussitôt au nouveau cri de Suni.

— Hiii… iii…

Un bref cri, puis plus rien.

Un rai de lumière fendit l'obscurité, Guin fonça dans sa direction, entraînant les jumeaux.

— La porte secrète a pivoté ! Suni est passée de l'autre côté, grogna Guin.

— Suni ! Suni !

Linda, en oubliant sa crainte que ce soit le passage du comte Noir, commença à taper sur la porte de ses petits poings.

En faisant cela, elle déclencha comme Suni avant elle le mécanisme qui commandait l'ouverture du mur. La paroi tourna lentement sur elle-même, les emportant de l'autre côté, avant de se refermer.

Etourdis, les trois compagnons roulèrent sur le sol. Comparé à l'obscurité aveugle qui les avait enveloppés de l'autre côté, cet endroit était clair et leurs yeux mirent un certain temps à s'habituer. Mais bientôt, ils reconnurent une chambre souterraine au plafond bas, pas vraiment différente des autres pièces du donjon, et la franche lumière qui les avait éblouis se transforma en pénombre.

Cette pièce humide n'était en fait qu'une partie d'un long corridor soutenu par des piliers. Pas âme qui vive... pas un Sem, pas même Suni que la porte avait pourtant dû déverser ici quelques instants auparavant. On entendait seulement le ploc... ploc... de l'eau qui tombait des murs.

— Je connais cet endroit! annonça Guin, regardant autour de lui. C'est là qu'on m'a amené avant. On est sous la tour noire.

Il tira sa longue épée et avança prudemment le long du corridor, faisant signe aux jumeaux de le suivre.

— Oui, c'est bien là. On m'a conduit par ce couloir à la chambre de torture du comte.

— Un passage secret relie la tour blanche à la tour noire, murmura Linda. C'est par ce souterrain que le comte Noir visite ses victimes emprisonnées dans la tour blanche!

– C'est bien possible!

Guin continuait de marcher le premier, scrutant les deux côtés du corridor pour s'assurer qu'aucune forme menaçante n'était tapie dans l'ombre de la forêt de piliers. Une fois rassuré, il appelait les jumeaux à le rejoindre.

— Je me demande ce qu'il est arrivé à Suni

— Personne ne peut le dire. Elle s'est peut-être sauvée, répondit Guin.

— Non, elle ne nous quitterait pas comme ça!

Linda regardait attentivement les deux côtés du couloir. Rien ne bougeait dans la pénombre qui se déroulait avec la ligne de piliers. Tout était si calme qu'il était difficile d'imaginer que le donjon avait été envahi par les Sem.

Le silence pesant qui régnait dans le corridor désert faisait presque oublier le carnage, comme si cela n'avait été qu'un mauvais rêve. Seul un léger relent de putréfaction venu d'on ne sait où stagnait dans l'air, lui rappelant le danger.

— Suni... Suni?

Le cri de Linda résonna longuement dans le corridor.

— Silence! On ne sait pas qui peut nous épier!

Linda, réprimandée, se mordit la lèvre.

— Je suis sûr d'être passé par ce corridor... plus loin à droite, on monte jusqu'à la chambre de torture; j'y ai vu des esclaves enchaînés. Si on les libère, ils se battront avec nous contre les Sem et ainsi on réussira à s'enfuir.

— Et Suni...

— Suni est une Sem. On n'a pas besoin de s'inquiéter pour elle.

Arrivant à l'entrée de la vaste salle où les chevaliers noirs avaient amené Guin pour se battre contre le singe gris de Gabul, le guerrier repoussa les enfants à l'abri derrière lui.

— Attendez là, dit-il tout bas.

La main tenant fermement son épée, il se glissa sans bruit dans la pièce où étaient alignés les instruments de torture.

— Ah, ça alors!

Rémus et Linda, entendant son cri, entrèrent derrière lui.

— Personne! Pas un esclave, pas un prisonnier, pas plus que de comte Noir!

— Les Sem les ont peut-être tués?

— Non, répondit Guin, jetant un œil dans la pièce. Il n'y a pas de corps, pas de traces de sang. Il ne reste que ces anneaux auxquels étaient attachés les esclaves.

C'était si étrange que cela vous glaçait le sang.

Dans l'immense pièce à peine éclairée, les machines de

l'horrible collection révélaient la perversité du maître des lieux. Déjà suffisamment inquiétantes du temps où les esclaves aux yeux vides les mettaient en branle, ces mécaniques maintenant au repos offraient un spectacle plus atroce encore. Au-dessus des tables de pierre, ces chaînes, ces roues arrêtées dans l'air profilaient leurs ombres sinistres.

— Qu'est-il arrivé ici? demanda Guin d'une voix soucieuse. Comment se fait-il qu'il n'y ait personne dans la tour noire, pas trace des esclaves, rien... ?

— Guin, j'ai peur, déclara Rémus en se blottissant contre la poitrine du guerrier.

— Moi aussi, ajouta Linda. Même le comte Noir dans toute son horreur a au moins une forme contre laquelle on peut lutter. Mais peut-on résister à ce silence absolu, à cet air parfaitement immobile, à ce néant?

— Guin! Il ne faut pas rester ici. J'aurais préféré périr par la hache des Sem. Guin, rebroussons chemin.

— Non! Retourner veut dire la mort. Peu importe que cet endroit soit damné, il vaut mieux faire face à une menace inconnue, tout espoir n'est pas perdu. Et ne vous inquiétez pas, si vous attrapez la peste de ce scélérat de comte Noir, quand votre corps commencera à pourrir comme le sien, je mettrai vite fin à vos jours avec mon épée.

— Vous le promettez! Il faut nous le jurer!

— Oui, je le jure, déclara Guin, levant son épée. Cette grande pièce donne sur l'arène où je me suis battu contre le grand singe gris de Gabul... puis, au fond de celle-ci, se trouve un autre couloir sombre par lequel on m'a fait sortir. Si mon instinct ne me joue pas de tours, après ce passage, il y a des escaliers qui mènent à la tour noire.. en tout cas le passage conduit quelque part.

Tous les trois main dans la main commencèrent à traverser la salle de pierre déserte, sursautant à chaque goutte d'eau qui s'écrasait sur le sol.

— Regardez ici ! (Guin attira leur attention, entrant dans une nouvelle pièce vide.) Vous voyez le sol plus bas, c'est là que j'ai massacré le grand singe gris de Gabul. Là-bas, au fond, c'est la cage de fer où ils gardaient les animaux. Je sens encore l'odeur de ce singe, mais où est passé son corps ?

— Ils l'ont enlevé ! proposa Rémus.

— Ou bien, ils ont un système encore plus radical pour se débarrasser des corps ! dit Guin avec un rire las.

Linda et Rémus l'enlaçaient chacun d'un côté, tels des narcisses blancs accrochés à la paroi d'un gigantesque rocher.

Seul l'écho de leurs pas résonnait dans le vide de la pièce ; ils se dirigèrent vers la sortie, sur le mur du fond, sans voir personne, nul ennemi vivant ou mort.

— Notre épreuve commence vraiment à partir d'ici ! déclara Guin à voix basse, les faisant passer derrière lui à nouveau.

Sous la voûte de l'entrée, tel qu'il l'avait annoncé, il y avait bien un étroit escalier, grimpant en colimaçon. Il leur semblait familier, et pour cause, il était presque identique à celui de la tour blanche.

Cependant, Guin n'osa pas s'y engager, ce qui était plutôt surprenant chez ce guerrier déterminé. Un étrange frisson lui parcourut le corps. Derrière l'arche, l'obscurité était à nouveau opaque, menaçante. Il hésitait et demanda tout bas à Linda :

— Linda, est-ce que tu sens quelque chose par là ?

Il montrait l'escalier qui s'ouvrait dans le noir, disparaissant entre deux murs de plus en plus étroits. Linda, toujours dans les bras de son frère, murmura craintivement :

— La plus malfaisante des choses est là, Guin. Mais je vois aussi le chemin au-delà qui nous mènera vers la liberté.

— Bon, alors il ne nous reste plus qu'à vaincre cette chose qui règne sur la tour.

Et sur ce, Guin franchit, téméraire, la première marche de l'escalier. Dans ses yeux jaunâtres flamboyait une lumière étrange. Rémus se dit que l'homme à l'intérieur de Guin s'était endormi pour laisser place à l'esprit du léopard dont il portait le masque.

— Venez ! Et ne vous éloignez pas de moi, les enfants ! recommanda Guin, montant prudemment, mais sans hésitation.

L'obscurité tiède se refermait déjà sur lui, l'enveloppant comme une présence vivante

Rémus et Linda le suivaient dans l'escalier qui grimpait raide, tournait, grimpait à nouveau. La jeune fille se mordait les lèvres pour ne pas crier. Elle sentait la main de son frère serrant son bras, ce qui la rassurait quelque peu. Rémus avait peur, mais elle, qui excellait à interpréter les signes du monde des esprits, savait que l'endroit était autrement redoutable que ce qu'il imaginait. Elle sentait le noir visqueux se coller à sa peau, l'odeur infecte de pourriture lui emplir les narines. Partout, cette présence qui hantait la tour les observait, ce ne pouvait être qu'une manifestation du dieu du Mal, Doal, et Linda refusait de tout son être d'être possédée par lui.

L'escalier montait, tournait, déroulant sa spirale à l'infini. Soudain, un bruit !

C'était très faible, comme des sanglots étouffés par un bâillon. Une voix de fillette, trop aiguë pour être vraiment humaine.

— C'est la voix de Suni !

Linda se précipita.

Guin au même moment fit de même. Son ouïe développée lui avait tout de suite indiqué de quel côté venait cette voix : un étage au-dessus et à droite.

Il franchit les dernières marches d'un seul bond, s'arrêtant à un corridor sur lequel donnaient plusieurs pièces. Là aussi, l'obscurité était épaisse et l'odeur encore plus irrespirable.

Guin leva son épée et se rua sur la première porte, l'enfonçant d'un coup de pied. Puis il reprit son souffle. Dans cette pièce, semblable à celles de la tour blanche, il n'y avait rien qu'une montagne d'os humains étincelant dans les ténèbres d'une lumière blanche irréelle !

— Oh !!!

Les jumeaux hurlèrent d'effroi.

— Ce n'est pas là ! cria Guin, courant à la pièce voisine, puis à la suivante…

Mais là, il hésita, recula.

La porte s'était entrebâillée d'elle-même sur le vide ; un néant noir, infini, tel le cosmos…

A l'intérieur, ils entendaient les gémissements de Suni, étouffés par le bâillon.

D'instinct, tous les trois se reculèrent.

Du néant noir et puant retenu entre ces quatre murs, une silhouette en armure émergea, tremblotante.

La visière du casque était baissée, un masque noir couvrait le nez et la bouche, et à chaque pas de cette apparition sortie du pire des cauchemars, les jointures de l'antique armure grinçaient et cliquetaient.

Les gestes n'étaient pas naturels, mais lents et saccadés, ils étaient ceux d'une marionnette géante tel le pantin burlesque du chevalier errant animé par la terreur et la malédiction.

Linda hurla un cri qui s'étouffa dans sa gorge.

— Le... comte... Noir...!

Cette apparition chancelante sous l'armure, sortie de ces ténèbres éternelles qui blasphémaient contre la providence et niaient toute étincelle de vie, était la représentation même de l'horreur, une horreur sans nom qui avilissait toute chose en ce monde.

Le guerrier lentement renversa la tête en arrière... et rit à gorge déployée.

Puis tout aussi lentement, le maître du donjon de Stafolos, le comte Noir des Mongauls, le comte Vannon, ouvrit la bouche.

4

— Homme-léopard !

La voix du comte Noir était sèche, creuse, comme le vent d'hiver soufflant dans les branches d'un arbre mort.

— C'est une bonne chose que vous ayez échappé aux Sem et que vous me rameniez les deux jumeaux de Paroh sains et saufs ! Vraiment, je dois vous en remercier.

Guin ne répondit pas. Il regardait le comte avec hostilité, protégeant les jumeaux derrière lui. Ses yeux flamboyaient et sa féroce mâchoire laissait voir ses crocs étincelants.

— Je m'inquiétais pour vous. Aussi, j'avais donné l'ordre à mes chevaliers de vous conduire à la tour noire, mais il était trop tard, ces sales singes occupaient déjà le donjon. Vous m'êtes si précieux tous les trois, je ne voulais pas que vous tombiez aux mains de ces créatures primitives. Pensez donc, un guerrier qui vaut son pesant d'or et les deux Perles de Paroh, dépositaires d'un secret !

— Libérez Suni ! Les Sem sont légion dehors. Suni peut parlementer avec eux, solliciter la paix ! s'exclama Linda.

Aucun mot ne saurait traduire l'épouvante que ce guerrier en armure provoquait chez la jeune fille ; cependant, quand elle découvrit Suni suspendue à une de ces effroyables machines, maintenant silencieuse car elle avait remarqué leur présence, elle ressentit tant d'indignation qu'elle en oublia sa peur.

— Princesse, savez-vous à quoi sert cette machine? demanda le comte, dans un horrible croassement. Il n'y a qu'un remède qui puisse agir contre cette maladie qui me ronge, la peste noire, c'est le sang chaud que je presse de mes victimes jusqu'à la dernière goutte !

— Vampire ! lança Linda. Combien d'innocents Sem avez-vous sacrifiés ? Janos vous a puni en les laissant incendier le donjon de Stafolos !

— Du sang frais, je n'ai besoin de rien d'autre que du sang frais, continua-t-il, ignorant la colère de Linda. Après avoir pressé le sang de ces corps, j'en coupe un morceau pour l'appliquer sur mes plaies et cela ralentit quelque peu l'évolution de ma maladie. Le donjon doit tomber, eh bien, qu'il tombe ! Si tel est le dessein de Yarn ! S'il montrait un tant soit peu de compassion celui-là, il ne m'aurait pas forcé à vivre dans cet état ! Yarn a décidé de notre sort et Janos a approuvé, mais que croyez-vous que j'en ai à faire de Stafolos, moi qui suis damné et qui ne prie aucun dieu ! Mieux vaut pour moi accepter cette existence maudite et répandre ma maladie sur toutes les terres mongaules, la jeter à la face de Janos qui règne sur les Terres Intérieures et de Yarn, ce vieil imbécile qui ne sait rien faire d'autre que tisser ! Leur œuvre divine, j'y étale ma souillure !

— Comte Vannon ! l'interrompit Guin qui avait écouté sans un mot le long et arrogant discours, les yeux flamboyant de cette intense lumière jaune. Magnifique ! Doal ne serait pas mécontent de ces jurons, vous le rendriez même jaloux ! Mais vous oubliez une chose !

— De quoi tu parles, animal ? demanda le comte, en levant la main. Attention à tes paroles ! Garde à l'esprit que je peux enlever mon armure, et alors toi et les jumeaux de Paroh vous me rejoindrez immédiatement dans la pourriture !

— Eh bien, allez-y ! dit Guin, téméraire, avançant d'un pas.

Linda hurla :

— Guin, ne vous approchez pas !

Mais le guerrier avança : un pas, deux pas, trois pas...

— Je vais répandre la peste noire ! N'approchez plus, moitié d'homme, animal ! Mes mains vont déchirer ce masque sur mon visage et prononcer un désastre bien pire que le feu des Sem, qui en comparaison n'aura été que jeu de gamins ! s'emporta le comte. Sa main monta lentement vers le haut de sa poitrine.

Les enfants crièrent à Guin d'arrêter, mais il n'écouta pas et, l'épée pointée, il fit un grand pas en avant.

— Maudit animal ! Tu n'as pas peur de la peste noire ! Léopard !

— Si, moi aussi, j'en ai peur ! répondit Guin. Mais ne vous ai-je pas dit que vous oubliez une chose ? Cette chose... c'est que vous n'êtes pas Vannon, le comte Noir des Mongauls !

Soudain, Guin leva son épée au-dessus de sa tête et l'abattit d'un grand coup, fendant l'armure en deux par la moitié, de la tête aux pieds !

Rémus et Linda hurlèrent de stupeur, mais leur cri fut couvert par l'insoutenable râle d'agonie qui déchira l'air. Pétrifiés, les jumeaux hurlèrent à nouveau, les yeux écarquillés sur les restes du comte.

Mais pas de chairs liquéfiées dégoulinant sur le sol, pas de forme abîmée par la maladie rappelant un homme, aucune pestilence répandant la mort...

— Guin ! Il n'y a... rien !

— C'est le vrai corps du « comte Noir » qui régnait sur le donjon de Stafolos, cria Guin, sautant par-dessus l'armure ouverte en deux pour aller libérer la petite Sem de cette affreuse invention à presser le sang.

— Ce n'était qu'un fantôme, un esprit mauvais, ce n'était pas le comte Noir rongé par la peste.

Linda et Rémus, se tenant par la main, regardaient, tout tremblants. Sur le sol, une chose bizarre, inquiétante, formait une masse.

Dans l'homme, a-t-on dit, il n'y avait rien, en fait ce n'était pas exactement cela, car une chose noire grouillait. C'était comme l'obscurité née d'une obscurité encore plus profonde, un brouillard noir animé d'une vie... qui ressemblait à une amibe molle et flasque, se tortillant pour trouver sa forme. Ce néant répugnant possédait une volonté et une intelligence qui lui avaient permis d'incarner jusqu'à aujourd'hui le comte Vannon.

Linda se sentit sur le point de vomir. Ses doigts blancs tracèrent un signe de Janos pour se prémunir des esprits malins et de leurs sortilèges, mais restèrent figés en l'air.

— Guin ! hurla-t-elle. Non ! Oh, non ! La chose ! Elle vient par ici !

Guin se retourna. Le néant noir qui sortait en tourbillons de l'armure se coagulait peu à peu, prenant une vague forme humaine. C'était à vous donner la nausée.

A travers cette masse gélatineuse, Guin voyait l'image déformée des deux jumeaux de Paroh blottis l'un contre l'autre. Sans perdre une seconde, il attrapa Suni par son bras poilu et se précipita sur la chose. L'épée fendit l'air : une fois, deux fois, trois fois, elle coupa dans cette chose immonde.

— Non, Guin ! Non ! s'écria Linda.

Cette monstruosité, à chaque coup d'épée de Guin, se dispersait, mais reformait aussitôt une masse informe et grouillante qui n'avait alors plus rien d'une forme humaine mais dont la volonté démoniaque ne faisait aucun doute. Elle avançait sur Linda et Rémus, attirée par le sang chaud qui coulait dans leurs veines.

— Je me bats en vain ! gronda Guin. C'est une âme morte... de la même sorte que celles de la forêt de Rood ! C'est elle qui a laissé ce tas d'os humains dans la pièce ! Fuyons ! Vite !

Les trois enfants, aux premiers mots de Guin, avaient déjà remonté le couloir, se précipitant en direction des escaliers. Le guerrier fermait la marche, jouant de l'épée contre le monstre qui les poursuivait. Ces coups toutefois n'avaient guère d'effet sur la chose, sauf de la ralentir. Il ne pouvait en extirper la vie, mais au moins il gagnait du temps. Tout en tranchant pour l'empêcher de reprendre forme, il hurla par-dessus son épaule :

— Les enfants, ne montez pas l'escalier ! On y sera piégés ! Il faut emprunter le corridor en bas !

— Guin ! lança Rémus qui était arrivé à l'escalier. On ne peut pas prendre ce chemin ! Les Sem sont déjà dans la tour !

— Ils ont enfoncé la porte en bas ! J'entends leurs cris de guerre ! ajouta Linda.

— En bas, on a les Sem et, derrière, cette âme damnée ! rugit Guin. On dirait que Yarn, dans son immense bonté, a eu l'amabilité de nous faire goûter à tous les maux de la terre en même temps ! Bon, on monte !

— Guin ! Comment peut-on monter ?

Les enfants hésitaient, attendant que Guin arrive à son tour à l'entrée de l'escalier. Les coups de bélier sur la port« en bas se faisaient de plus en plus pressants.

— Hiii… Hiii… Yiii… !

Les Sem hurlaient. Se mêlaient aussi à leurs cris les voix désespérées des chevaliers encore en vie :

— Protégez la tour ! Sauvez notre maître et seigneur !

Mais seules les épées répondaient à ces ordres.

— Et ils donnent leur vie pour ce vampire ! protesta Guin, mais entendant la porte céder, il arrêta de se bagarrer contre le monstre et poussa les enfants dans l'escalier.

— Il ne sera pas si rapide que nous à grimper l'escalier, c'est notre chance ! hurla-t-il à bout de souffle. Et si les Sem envahissent la tour aussi vite que je le pense…

— Tiens ! Ça y est ! Ils sont déjà tombés sur le monstre !

Le tumulte redoubla au bas de l'escalier. L'âme damnée avait trouvé des proies plus à sa portée que les quatre compagnons ; il n'avait que l'embarras du choix quant à qui il avalerait le premier. C'était comme un serpent au milieu d'une meute de loups.

— Profitons-en ! Courons ! dit Guin.

Mais quatre étages plus haut, ils arrivèrent à un cul-de-sac : une lourde porte de pierre devant eux donnant sur une petite chambre semblable à celle au sommet de la tour blanche.

— Bon sang ! On est refaits ! hurla Guin, exaspéré.

Rémus, essoufflé, demanda :

— Ce... Ce fantôme, qu'est-ce que c'était ? S'il ne faisait que se faire passer pour Vannon, alors qu'est devenu le vrai comte Noir des Mongauls ?

— Eh bien, si mon idée est juste, le vrai comte Vannon a dû être le premier à se faire dévorer par ce monstre, répondit Guin. En recherchant de la chair et du sang frais pour sa maladie, il aura ramené des Marches quelqu'un possédé par une goule de la forêt de Rood. En la mangeant, il s'est fait posséder à son tour. La goule lui a volé son intelligence et son savoir et l'a forcé à lui livrer victime après victime ! Quoi de plus facile pour elle que de se faire passer aux yeux des autres pour le comte, surtout quand celui-ci était si secret ! Pour une vulgaire goule de la forêt de Rood, on peut dire que c'est faire preuve de génie...

— Mais alors, le vrai comte Vannon...

— Il y a longtemps qu'il n'est plus qu'un tas d'os !

Guin avait à peine fini sa phrase que Linda hurlait, montrant quelque chose en face d'eux. Le guerrier resta interdit.

Dans le sombre couloir sans issue, un fantôme venait d'apparaître. Vague silhouette se confondant avec le mur, il n'avait pas la présence énergique du néant noir. Ce n'était qu'un fantôme.

Pourtant, il possédait une forme distincte : celle d'un

homme de belle taille, à l'allure noble, dans un long manteau noir à capuchon qui flottait sur un corps entouré à la hâte dans des bandages. Et sous ces bandages, quelle horreur! La chair putréfiée du corps et du visage dégoulinait en une bouillie noire qui laissait voir çà et là la blancheur étincelante des os. Le spectacle extérieur de cet amas de chairs rongées n'était rien encore comparé à ses yeux. A travers les trous du bandage, dans cette tête presque chauve, au fond des orbites deux globes brillaient d'un éclat trouble; ils avaient naturellement perdu la vue mais retenaient encore une infime trace de l'intelligence et de la mémoire d'une vie passée.

Linda frissonnante se recroquevilla sur elle-même. Elle avait compris que c'était ce même fantôme qui l'avait visitée dans la tour blanche avant de disparaître comme il était venu.

— Le comte Vannon... cria Linda d'une voix sèche.

— Oui..., enfin son fantôme, répondit Guin, détournant les yeux de ce spectacle insupportable. Le vrai comte Vannon a été mangé il y a bien longtemps! Mais comme il est mort de cette atroce façon, son âme n'a pu rejoindre le Royaume des Morts, il a donc repris sa forme première et a continué d'errer ici. Maintenant s'il est apparu, c'est qu'il a voulu nous avertir qu'une goule de la forêt de Rood s'était arrogé le titre de seigneur du donjon et en jouait pour mener à bien ses funestes desseins.

— Pauvre comte Vannon! s'exclama Linda, des larmes de pitié dans la voix. Quel terrible destin! De son vivant, il a été dévoré par une goule de Rood, et mort, il a encore dû subir le même sort!

— Au moins cet homme a éloigné de son pays les ravages

de son horrible maladie, déclara Guin. (Puis, levant la main gauche vers l'apparition dans un geste étrange qui ressemblait à un exorcisme, il prononça :) « Comte Noir ! Le donjon de Stafolos est aux mains des Sem, il va finir dans les flammes. La goule de la forêt de Rood va devoir abandonner ses proies et le feu purifiera tout ; et votre maladie et les desseins de ce monstre. Maintenant, fantôme, repartez en paix vers le Fleuve Jaune des Enfers où vous attend Doal ! »

La voix de Guin résonna clairement dans le corridor.

Le fantôme leva lentement les mains. Que voulait-il dire ? Comment interpréter ce geste que le corps difforme lui empêchait d'accomplir ? Mais Linda crut voir dans ses yeux une lueur de soulagement, de paix.

Troublée, elle repensa au moment où le fantôme les avait tellement effrayées, elle et Suni. Il s'était approché très près, tendant la main… et dans ses yeux, elle en était sûre maintenant, c'était la supplication, le désir d'être sauvé qu'elle avait vu. Il avait voulu qu'on le prenne en pitié, lui qui avait amené le donjon de Stafolos à la ruine. Linda comprit son immense souffrance et sa gorge se serra.

Elle secoua la tête, lançant d'un ton provocateur :

— Quel crime a-t-il donc pu commettre pour que Yarn lui inflige un tel châtiment ? Franchement, je n'en vois aucun !

— C'est parce que votre âme a encore l'innocence de la jeunesse, princesse. Moi, je pourrais vous en citer quelques-uns ! répondit Guin sur le ton de la plaisanterie, avant que sa voix ne se transforme en cri : Ah ! Attendez… Les voilà ! Les Sem grimpent l'escalier !

Les bruits incessants du combat résonnaient soudain plus fort. Grand nombre de Sem avaient été tués par le monstre, pourtant cela ne les avait guère ralentis. En dévorant ses ennemis, la chose s'était démultipliée jusqu'à ce que les flèches empoisonnées et les haches de pierre ne puissent rien contre elle. Quelle blessure fatale aurait donc bien pu porter une arme à ce néant noir qui se régénérait sans cesse !

Guin se mit en garde. Sur ses mains et son épée, du sang frais brillait sur le sang plus ancien qui avait séché et tourné au noir. A continuer de se battre ainsi, l'issue pour lui était fatale. A un moment ou à un autre, une flèche ou une hache qu'il ne pourrait dévier allait l'atteindre aux jambes et il périrait dans cette chausse-trappe au sommet de la tour. La seule issue était par le bas. Ici, seule l'attendait la mort, par l'armée des Sem, la goule, ou – les crépitements et la fumée âcre se chargeaient de lui rappeler – le feu !

Guin poussa un formidable rugissement, battant plusieurs fois les bras en l'air pour chasser la fatigue.

Linda lui attrapa le bras pour l'avertir :

— Regardez !

Le fantôme disparaissait.

Il s'en allait lentement, montrant, cela ne faisait aucun doute, le plafond de sa main levée.

Il répéta ce geste encore et encore, désignant un endroit particulier sous le toit. Dans ses yeux brillait toujours cette lumière… puis il se fondit dans le mur. Ce fut la dernière apparition du noble comte Vannon rongé par la peste noire.

— Le plafond ! Il a voulu nous dire qu'il y avait quelque chose dans ce plafond !

— Espérons que ce sera notre issue de secours ! hurla Guin, tâtant aussitôt le plafond de la pointe de son épée.

D'abord, rien ne bougea sous la pression exercée. Puis

l'épée dut toucher une sorte de mécanisme car, tout à coup, une trappe s'ouvrit. Une douce brise du soir et le reflet mauve du crépuscule pénétrèrent dans la pièce.

Les jumeaux, ainsi que Suni, hurlèrent de joie.

— Montez ! ordonna Guin, soulevant Linda dans ses bras pour la hisser jusqu'à la lucarne.

Quand elle se fut glissée avec agilité par le châssis, il fit de même avec Rémus, puis avec Suni.

Juste à ce moment, les premiers Sem, qui avaient précédé la goule dans l'escalier, déboulèrent du haut des marches, brandissant leurs armes et vociférant leurs cris de guerre. La goule, toujours aussi frénétique, suivait par-derrière.

Guin gronda. Moulinant de l'épée, il fendait les premiers Sem qui se jetaient sur lui.

— Guin ! Vite !

— Guin ! Est-ce que ça va ?

Les cris des jumeaux lui parvenaient du toit.

— Si vous pouvez vous sauver, allez-y, ne m'attendez pas ! leur hurla Guin, se défendant férocement contre les Sem.

Mais ils étaient si nombreux dans cet espace confiné ; et à en juger par les cris stridents plus bas, la goule était sur leurs talons, les massacrant au fur et à mesure de son ascension. Le guerrier faucha dans une gerbe de sang les deux singes qui s'étaient approchés trop près et, tournant le dos à la harde des autres attaquants, il vola d'un bond vers l'ouverture.

Les deux mains cramponnées au bord du châssis, il se hissa par la force des épaules, balançant avec une souplesse inattendue sa formidable masse musculaire. Ses pieds dans le vide envoyaient valser les Sem.

Un instant, ses larges épaules furent bloquées dans le

cadre, mais, se tortillant sur le côté, il réussit enfin à s'extraire et poussa alors un immense soupir de soulagement.

Ils étaient maintenant sur le toit de la tour noire.

Le jour qui avait débuté par un combat à mort allait tomber avant que cette funeste bataille ne soit finie. En contrebas, ils apercevaient la cour et les remparts du donjon jonchés de monceaux de cadavres. Une fumée d'encre s'élevait de partout, annonçant au monde le destin tragique de Stafolos.

Leurs regards se dirigèrent vers le bas, attirés par les eaux profondes et noires du Kes scintillant sous les derniers feux du soleil, puis ils se perdirent sur la forêt de Rood, celle de Thalos, les vagues lointaines des montagnes tremblant dans un violet mystérieux et, au-delà du Kes… sur l'infini des landes sauvages de Nociphère.

Le soleil avait commencé à plonger à l'horizon, énorme disque d'un orange sombre, il illuminait le donjon qui sombrait dans la mort, détachant à son sommet la formidable silhouette de Guin.

Linda, Rémus et Suni retenaient leur souffle, regardant le guerrier au corps de héros et à tête de léopard se dresser sur la majestueuse couronne du soleil, l'épée ensanglantée à la main.

Il aurait pu être Cyrénos, le dieu à moitié homme, à moitié bête, ou Ruah, le dieu de la Guerre. Les muscles de ce guerrier magnifique ondoyaient sous la lumière pourpre du couchant, comme s'il avait reçu un baptême de sang. C'était une image qui remplissait les hommes d'effroi, mais en même temps c'était pure beauté !

Il avait posé un pied sur le socle qui supportait l'oriflamme et de sa main libre tenait le mât.

— Guin, cria Linda, attention !

Vif comme l'éclair, il bondit sur le Sem qui venait de sortir de la lucarne sur le toit. La tête du singe vola jusqu'au beau milieu de la cour en contrebas, puis une seconde tête, mais Guin cria :

— Je ne pourrai pas faire cela avec tous ! On va mourir ici ! Les enfants, Suni ! J'y vais ! Vous me suivez ?

— Où... Où ça ? On est au sommet de la tour !

— Là-bas ! rugit Guin, agitant la main vers le bas.

Les enfants s'arrêtèrent de respirer.

Il montrait les méandres profonds et mystérieux du Kes.

— Nous plongeons, oui, c'est peut-être la mort ! Dans une minute le soleil va disparaître, nous laissant affronter le fleuve avec la nuit sur les Marches ; nous risquons de nous assommer, mais si nous restons ici, c'est la mort encore plus certaine !

— J'ai compris, répondit Linda. J'y vais.

— Moi... moi aussi, s'empressa d'ajouter Rémus.

— Bien !

Ce fut le seul mot que prononça Guin, desserrant aussitôt sa ceinture pour attacher les enfants sur son dos. Les Sem déjà déferlaient sur le toit et il ne pouvait rien contre un tel flot.

Vite, il lança :

— Fermez les yeux, rentrez la tête et ne me lâchez pas !

Et le guerrier à tête de léopard, tel un immense oiseau, se jeta dans le vide.

Vers la liberté... Vers le destin.

Achevé d'imprimer sur les presses de

BUSSIÈRE

GROUPE CPI

à Saint-Amand-Montrond (Cher)
en avril 2006

FLEUVE NOIR
12, avenue d'Italie
75627 Paris Cedex 13

— N° d'imp. : 061729/1. —
Dépôt légal : mai 2006.

Imprimé en France